Man müßte versuchen, glücklich zu sein, und sei es nur, um ein Beispiel zu geben.

Jacques Prévert

Die deutsche Bibliothek – CIP-Einheitsaufnahme

Prévert, Jacques:
Das sanfte gefährliche Antlitz der Liebe: Gedichte und andere Texte; mit Collagen des Autors / Jacques Prévert. [Ausw. und Übers. Heribert Becker]. – Berlin: Kramer, 1991.
ISBN 3-87956-176-1

Umschlaggestaltung Robert Halbach
unter Verwendung der Collage *L'île Saint-Louis* von Jacques Prévert.
Alle im Buch enthaltenen Collagen aus:
Jacques Prévert, *Fatras*, Paris 1966.

Braunschweiger Str.26
1000 Berlin-Neukölln (44)
Erweiterte Neuausgabe des Bandes
Der Skandal des Glücks
Wilhelm Heyne Verlag, München 1983
Gesamtherstellung
Offsetdruckerei Dieter Dreßler, Berlin

Jacques Prévert

Das sanfte gefährliche Antlitz der Liebe

Gedichte und andere Texte
Mit Collagen des Autors

Auswahl und Übersetzung
Heribert Becker

Karin Kramer Verlag
Berlin

Inhalt

Jacques Prévert

Neuilly-sur-Seine 1900 – Omonville-la-Petite 1977

Anhand seiner beim drei- bis dreizehnjährigen Kind durchgeführten Untersuchungen der aufeinanderfolgenden Formen des Respekts, die dieses Kind den Regeln des Murmelspiels entgegenbringt, gelingt es Jean Piaget, dem Verfasser so ausgezeichneter Arbeiten wie *Le Jugement moral chez l'enfant* (1932), drei von diesen Formen aufzuzeigen, die einer grundverschiedenen Verhaltensweise entsprechen und in immer gleicher Weise aufeinanderfolgen: Gehorsam gegenüber der reinen *motorischen* Regel, der vor dem siebten Lebensjahr der präverbalen, von jeder gesellschaftlichen Beziehung nahezu unabhängigen motorischen Intelligenz, der vom siebten bis zum elften Lebensjahr der einseitigen Ehrfurcht des Kindes entspricht, das ohne mögliche Widerrede einen Befehl erhält; vom elften Lebensjahr an Gehorsam gegenüber der *rationalen* Regel, der auf gegenseitiger Achtung beruhenden konstituiert-konstituierenden Regel. Sofern das gesamte gesellschftliche Spiel des Erwachsenen dazu tendiert, den seit unvordenklichen Zeiten weltweit verbreiteten Mechanismus des Murmelspiels auf einer anderen Ebene zu reproduzieren, muß man zugeben, daß nur wenige Einzelne sich auf ihr zu dem Bewußtseinsgrad erheben, der das Erreichen der dritten Stufe bedeutet, während die weitaus meisten Menschen auf der zweiten stehenbleiben (blinde Unterwerfung unter den bösen Führer, mag er nun Hitler oder Stalin heißen, fanatisches Befolgen der Regel, welches das Bewußtsein der Regel ersetzt, das Bedürfnis, vor dem „Großen" in günstigem Licht zu erscheinen, das in hoffnungslosen Fällen dem entspricht, was in der Schule die meisten Kinder als „Radfahrerei" vor dem Lehrer brandmarken: Strebertum, Petzerei usw.).

Jacques Prévert scheint im Bocksprung – das ist das richtige Wort – die Leistung vollbracht zu haben, von der ersten zur dritten Stufe zu gelangen, er scheint sie nicht nur vollbracht, sondern auch die Haltung bewahrt zu haben, um sie noch einmal in umgekehrter Richtung zu vollbringen und so fort. Einen Fuß auf dem *Es*, den anderen auf dem *Ich*, wobei dieses vom unechten *Über-Ich* ganz und gar unterschieden ist, oder besser – wie er selber gesagt hat – „einen Fuß auf dem rechten Ufer, einen Fuß auf dem linken Ufer und den dritten im Hintern der Schwachköpfe", verfügt er souverän über die verkürzte Darstellungsweise, die uns blitzartig die ganze sinnlich-strahlende Art der Kinder zurückkzugeben und das Arsenal der Revolte auf unbestimmte Zeit mit Vorrat zu versorgen vermag.

André Breton

Familienerinnerungen oder Der Schmutzengel

Wir bewohnten ein kleines Haus in Les-Saintes-Maries-de-la-Mer, wo mein Vater ein Bandagistengeschäft hatte.

Er war ein großer Gelehrter. Ein sehr tüchtiger Mann, der ein ehrfurchtgebietend redliches Leben führte; jeden Morgen pieksten ihn die Stechmücken in die linke Hand, jeden Abend stach er sich mit einem japanischen Zahnstocher die Blasen auf, und kleine Wasserstrahlen sprangen aus ihnen hervor. Das war sehr schön, aber meine Brüder mußten jedesmal lachen, dann verabreichte mein Vater einem von ihnen aufs Geratewohl ein paar Ohrfeigen, rannte weinend hinaus und schloß sich in der Küche ein, die ihm als Laboratorium diente.

Dort arbeitete er still vor sich hin, und neben ihm bereitete Marie-Rose, unsere alte Hausgehilfin, das Essen vor. Auf der Anrichte lagen Speckscheiben und Bruchbänder umher, und Einmachgläser mit Kirschen in Branntwein standen dicht neben anderen, in denen einsame Würmer und unvollendete Babies friedlich in Alkohol schwammen.

Zerstreut wie sie war, verwechselte die Alte zuweilen die Käseglocke mit der Druckluftmaschine, oder sie zerdrückte den Kastanienbrei treuherzig mit dem Tintenlöscher, und wenn das Essen dann mehr schlecht als recht fertig war, blies mein Vater das Jagdhorn, und alle setzten sich zu Tisch.

Auf dem Tischtuch wimmelten die Fliegen und alle Krabbeltiere der Gegend, und aus dem Brot krochen unter allerlei Höflichkeitsbezeigungen die Küchenschaben hervor, und dieses ganze Völkchen rannte zu seinen Geschäften, verdrückte sich unter die Teller, tauchte in die Suppe und knirschte uns zwischen den Zähnen.

Außerdem gab es noch einen Priester; der war für die Erziehung da; er aß.

Mein Vater war Erfinder eines verbesserten künstlichen Beins; dessen Schicksal hing an dem der „Revanche“[1]; so beschwor er bei jeder Mahlzeit mit schmerzlichem Kopfschütteln die Passion der auf den Straßburger Münstertürmen gefangenen französischen Störche.

Der Pfarrer lauschte ihm bewegt, dann sprang er plötzlich wie ein Gott, der aus seiner Schachtel hervorschnellt, mit vollem Munde und mit seiner Gabel fuchtelnd auf und schleuderte seinen Bannfluch gegen die Schulen ohne Gott, die Ehen ohne Kinder, die Mädchen ohne Hosen und die vor Undankbarkeit trunkene Hauptstadt.

Dann war das Bein, das berühmte Bein an der Reihe.

„Begreift Ihr, Herr Pfarrer“, sagte mein Vater, „ein echtes Bein sozusagen, ein Bein, das echter ist als ein gewachsenes. Ein Läuferbein, leicht und angenehm, ein Federbein – und aufziehbar wie ein Wecker!“

Und indem er voll grenzenloser Traurigkeit erst mich, dann meine Brüder ansah, versuchte er herauszufinden, wer von uns später das Glück haben

[1] Rache für die Niederlage im deutsch-französischen Krieg von 1870/71 (*Anm. d. Übers.*).

würde, auf seiner Brust das Kreuz der Tapferen und in seinem Hosenbein das Kunstwerk, den köstlichen Automaten, das väterliche Bein zu tragen.

Mit einer Stimme, die nach und nach im Alkohol ertrank, sprach er von unserer armen Mutter, „die früh dahingehen mußte und die so schön war, daß Unbekannte darüber weinten"; er rollte schließlich unter den Tisch und riß die Tischdecke wie ein Leichentuch mit.

Wir gingen schlafen, am nächsten Morgen standen wir auf, so ging es jeden Tag, die Tage standen Schlange, Montag stieß Dienstag stieß Mittwoch und so weiter die Jahreszeiten.

Die Jahreszeiten, der Wind, das Meer, die Bäume, die Vögel. Die Vögel – solche, die singen, die fortfliegen, die man tötet; die gefiederten, ausgenommenen, gebraten verzehrten Vögel aus den Gedichten oder die an die Scheunentore genagelten.

Das Fleisch auch, das Brot, der Pfarrer, die Messe, meine Brüder, das Gemüse, das Obst, ein Kranker, der Doktor, der Pfarrer, ein Toter, der Pfarrer, die Totenmesse, die lebendigen Blätter, Jesus Christus stürzt zum ersten Mal, der Sonnenkönig, der müde Pelikan, der kleinste gemeinsame Nenner, der General Durakin, der Kleine Däumling, unser guter Engel, Blanca von Kastilien, der kleine Trommler Bará, die Frucht des Leibes, der Pfarrer, allein oder mit einem kleinen Gefährten, der Fuchs und die Weintrauben, der russische Rückzug, Klanca von Bastilien, die Landenge von Panama und das Handgemenge von Tralala, Hände auf den Tisch, J. C. stürzt zum x-ten Mal, er öffnet weit seinen Schnabel und läßt ein Stück Käse fallen, um den nicht wieder gutzumachenden Schimpf der Jahre wieder gutzumachen, die Nase Cleopatras in der Harnblase Cromwells, und schon hat sich das Antlitz der Erde gewandelt, so wuchsen wir auf, wir gingen zur Messe, wir bildeten uns, und zuweilen spielten wir mit dem Esel im Garten.

Eines Tages erhielt mein Vater die Gürtelrose der Ehrenlegion und verlor viele Haare, er stotterte auch ein wenig und verfiel der Gewohnheit, mit sich selber zu reden; der Pfarrer sah ihn an und schüttelte traurig den Kopf.

Der Pfarrer war ein Mann in Frauenkleidern mit sehr matten Augen und langen, flachen, leichenblassen Händen; wenn sie sich bewegten, erinnerten sie ziemlich deutlich an Fische, die auf einem Spülstein krepieren. Er las uns immer wieder dieselbe Geschichte vor, eine traurige, abgedroschene Geschichte von einem Mann von anno dazumal, der am Kinn einen Ziegenbart und auf den Schultern ein Lämmlein trug und der an zwei Rettungsbalken genagelt starb, nachdem er nachts in einem Garten viel über sich selbst geweint hatte. Er war ein junger Mann aus gutem Hause, der fortwährend von seinem Vater sprach – mein Vater hier, mein Vater da, das Reich meines Vaters –, und den Elenden, die ihm bewundernd zuhörten – denn er sprach gut und war gebildet –, erzählte er allerlei Geschichten.

Er entkropfte die Kropfkranken, und beim Abflauen eines Gewitters streckte er die Hand aus, und das Unwetter legte sich.

Er heilte auch die Wassersüchtigen, er trat ihnen auf den Bauch und sagte, er wandele über das Wasser, und das Wasser, das er aus ihrem Bauch entfernte, verwandelte er in Wein; denen, die davon trinken wollten, sagte er, es sei sein Blut.

Unter einem Baum sitzend, parabelte er: „Selig sind die Armen im Geiste, die nicht zu begreifen versuchen, sie werden schwer arbeiten, sie werden Arschtritte ernten, sie werden Überstunden machen, die ihnen später im Reiche meines Vaters angerechnet werden."

Einstweilen vermehrte er ihnen Brote, die Elenden zogen vor die Fleischerläden und rieben nur Krume an Kruste, sie vergaßen nach und nach den Geschmack des Fleisches und die Namen der Muscheln, und sie wagten nicht mehr, miteinander zu schlafen.

Am Tag des wunderbaren Fischfangs wurde die Gegend von einer Nesselsucht heimgesucht; von denen, die sich zu feste kratzten, sagte er, sie seien vom Dämon besessen, aber er heilte an Ort und Stelle einen armen Zenturiensoldaten, der eine Gräte verschluckt hatte, und das hinterließ einen starken Eindruck.

Er ließ Kinderlein zu sich kommen; wenn diese dann wieder zuhause waren, streckten sie der väterlichen Hand, die ihnen kräftig den Hosenboden versohlte, nach der rechten auch die linke Hinterbacke hin, und wimmernd zählten sie an den Fingern die Zeit ab, die sie noch von dem besagten Reiche trennte.

Er warf die Schnürsenkelhändler aus dem Tempel hinaus: keinen Skandal, sagte er, um Gottes willen keinen Skandal, wer das Schwert führt, wird dem Schwert zum Opfer fallen... Die professionellen Henker krepierten in ihren Betten an Altersschwäche, denn keiner bekam einen Heller, nur Ohrfeigen gab es für alle, aber er verbot, sie Cäsar heimzuzahlen.

Das funktionierte schon nicht mehr so ganz, wie es sollte, als er eines Tages plötzlich Judas verriet, einen seiner Gehilfen. Eine sonderbare Geschichte: er gab vor zu wissen, Judas werde ihn mit einem Fingerzeig an Leute verraten, die ihn selber seit langem bestens kannten, und obwohl er vorher wußte, daß Judas ihn verraten würde, sagte er ihm nichts davon.

Kurzum, das Volk brüllt plötzlich „Barabbas, Barabbas! Nieder mit der Polente! Weg mit den Pfaffen!" Und zwischen zwei Zuhältern, von denen einer ein Polizeispitzel ist, ans Kreuz genagelt, tut er seinen letzten Seufzer, die Frauen wälzen sich heulend vor Schmerz auf dem Boden, ein Hahn kräht, und der Donner macht sein übliches Getöse.

Bequem auf einer Admiralitätswolke thronend, stößt Gottvater von der Firma Gott Vater Sohn und Heiliger Geist AG einen gewaltigen Seufzer der Erleichterung aus, sogleich explodieren unterwürfig zwei, drei subalterne Wölkchen, und Gottvater ruft: „Gelobt sei ich, gebenedeit sei meine heilige Firma, mein geliebter Sohn ist aufs Kreuz gelegt, jetzt kommen wir ins Geschäft!"

Sofort gibt er die Bestellungen durch, und die großen Devotionalienmanufakturen geraten in Trance, vor den Katakomben bilden sich lange Schlangen, und in den Familien, die dieses Namens würdig sind, gehört es unbedingt zum guten Ton, daß mindestens zwei von ihren Kindern ein Fraß der Löwen werden.

„Na, hab' ich euch erwischt, ihr kleinen Possenreißer? Unseren heiligen Glauben zu verspotten!" Und der Pfarrer, der uns hinter der Türe belauscht hat, kommt ölig und drohend auf uns zu.

Aber schon lange ließ dieser Mensch, der mit gesenkten Augen sprach, wobei er seine frommen Medaillen befummelte wie ein Gefängniswärter seine Schlüssel, uns völlig kalt, er bedeutete uns nicht viel mehr als die verschiedenen Utensilien, die unser Haus anfüllten und die mein Vater geschwollen „Familienerinnerungen" nannte: die provenzalischen Schränke, die Sitzbäder, die Grenzpfähle, die Tragestühle und die großen Schildkrötenpanzer.

Was uns interessierte, was wir mochten, das war Costal der Indianer[1], das war Sitting Bull und alle Skalpjäger; was für ein ausgefallener Einfall, uns ausgerechnet ein halbskalpiertes Bleichgesicht als Lehrmeister vorzusetzen.

„Ihr Unglücklichen – bringt euren guten Engel zum Weinen, schämt ihr euch nicht?" sagte der Pfarrer.

Wir lachten allesamt laut auf, und Edmond, derjenige von meinen Brüdern, dem wir nachts die Hände zusammenbanden, seit er in seiner Naivität so dumm gewesen war, bei der Beichte zuviel zu reden, ergriff das Wort.

„Genug, Herr Pfarrer, genug. Behaltet Eure dummen Geschichten von Schmutzengeln, die nachts durch die Zimmer schleichen, für Euch, macht Eure Kreuzzüge anderswo und merkt Euch, daß von heute an in diesem Hause nicht mehr die Marienkäfer, sondern die Wanzen den Namen Glückskäfer tragen. Ich habe gesprochen."

Schon ist der Krawall im Gange, der Pfarrer hebt den Arm zum Schlag, ich tauche weg und beiße den Pfarrer ins Bein, er brüllt auf, ich renne in die Küche, um mir den Mund zu spülen, komme zurück, und nun stürzt auch mein Vater brüllend herbei.

„Ihr garstigen kleinen Gesellen, ihr geht nicht zur Heiligen Kommunion!" Scham übermannt ihn, läßt ihn zusammensinken, versetzt ihm einen Leberhaken und streckt ihn, ein Büschel Haare in der Hand, in einen Sessel.

Dann springt er jäh wieder auf und steuert schnurstracks auf den Pfarrer zu: „Und was Euch betrifft, haut ab, Ihr habt es nicht fertiggebracht, so wie's vereinbart war, den Kindern hier das Schlaue vom Himmel herunterzubügeln; außerdem Eure Schäkereien mit Marie-Rose und... Himmelherrgottnochmal, schert Euch zum Teufel, und zwar auf der Stelle!"

„Das braucht Ihr mir nicht zweimal zu sagen", erwidert der Pfarrer. Sein Adamsapfel beginnt, in seinem Rachen herumzurollen wie eine Mottenkugel in einem alten Flanelljackett, er senkt die Augen, und mit großer Würde ergreift er im Rückwärtsgang die Flucht.

„Scheiden tut weh", sagt mein Vater mit sehr sanfter Stimme, zieht seine Hose aus, fältelt sie sorgfältig, klemmt sie unter den Arm und geht hinab in den Garten, wobei er mit ohrenbetäubender Stimme ein Lied singt, das uns damals besonders gräßlich vorkam.

Es war das „Glaubensbekenntnis des Landmanns" mit einem Schuß „Fideralala tsching bumm täterä tatuff klingeling".

[1] *Costal l'Indien*, in Préverts Jugend ein vielgelesenes Kinderbuch (*Anm. d. Ubers.*)

Erschrocken saßen wir in unserem Zimmer, als Marie-Rose uns einen Brief hereintrug und mit dem Ruf „Monsieur ist fort, fort, fort!...“ zu Boden sank.

Ich las den Brief mit lauter Stimme vor: „Liebe Kinder, betrachtet Euch bis zu meiner wenig wahrscheinlichen Rückkunft als Waisenknaben. Ludovic.“

Dieser Brief erschien uns um so erstaunlicher, als unser Vater seit jeher den Namen Jean-Benoît trug.

„Jetzt sind *wir* die Herren im Stall“, sagte mein Bruder der Liederliche.

Ich war mit zehn Jahren der Älteste, ich wurde Familienoberhaupt, und wenn ich mich aus dem Fenster lehnte, spürte ich, wie die Brüstungsstange unter der Last meiner Verantwortung knackte.

Wir trugen Halbtrauer, sonntags schwarze Farbe bis zum Gürtel und weiße Gamaschen, und ein neues Leben begann, ein wenig anders als das bisherige, aber immer abwechselnd Mond und Sonne.

Eines Abends lief uns die Hausgehilfin davon, nachdem sie den Hund erdrosselt hatte; es war übrigens eine fixe Idee von ihr, Tiere zu erdrosseln: In der Gegend hieß sie nur die Schlächterin, und es ging das Gerücht, daß sie es auch mit dem Esel versucht, daß dieser sie aber gebissen hatte.

Einer meiner Brüder bekam den Wundstarrkrampf und verschied. Wir langweilten uns entsetzlich, alle Tage glichen dem Sonntag; auf der Straße gingen die Leute ernst und aufrecht daher, und am Strand zogen sie sich aus, gingen baden, ertranken, retteten sich, zogen sich wieder an und beglückwünschten sich mit trostloser Pünktlichkeit; es kam alles zusammen, die Brötchen vor der Haustür, der Mann, der den Gaszähler ablesen kommt, und die Glocken für die Toten, für die Hochzeitspaare.

Ein- oder zweimal im Monat veranstaltete ein dicker Gutsbesitzer Stierkämpfe: sie waren meine einzige Ablenkung.

Man stellte die Stiere hinter einem Seil in einer Reihe auf; irgendwer feuerte einen Pistolenschuß ab, ein anderer zerschnitt das Seil, und die Stiere rasten los und rannten mehrmals um die Kirche herum. Wer als erster ankam, wurde unter großem Gepränge kastriert und erhielt den Titel „Ochse“.

An so einem Stierkampftag schaute ich mir aus nächster Nähe und zum ersten Male die Augen eines Mädchens an. Es war sehr heiß, sehr schwül, manche Leute rochen nach Schweiß und Essen, andere gingen mit Heugabeln aufeinander los und riefen die Stiere beim Namen.

Ein langer Einfaltspinsel hatte einer Frau seine Riesenpranke in die Bluse geschoben, um – wie er sagte – ein vierblättriges Kleeblatt zu suchen; die Umstehenden lachten, die Frau ließ ihn gewähren, die Hand glitt nach oben und dann wieder hinab bis zu den Hinterbacken, die Stiere rasten und rannten vorbei, und die Frau gluckste vor sich hin und bewegte Rücken und Hinterteil. Alles grölte und schrie, und all die Rufe, in Stechmücken und Staub gehüllt, flogen hinaus übers Land.

Nicht weit von mir verfolgte, ihre Zähne in die Absperrung grabend, ein Mädchen den Lauf der Stiere.

Plötzlich kneift sie mich fürchterlich in den Arm, dreht sich zu mir um und sagt: „Sieh mal Hector, er ist hingefallen.“

Ein junger Stier liegt der Länge nach ruhig am Boden, man könnte meinen, er träumt, die Männer, die auf ihn gewettet haben, schmeißen mit Steinen und Zigarettenstummeln nach dem gleichmütigen Tier.

„Das ist *unser* Stier", sagt das Mädchen und lacht, „er hat sich mit Absicht fallenlassen, er ist raffiniert, er will nicht kastriert werden, und da hat er auch recht.

Weißt du, die Leute, die man kastriert – das ist furchtbar, sie haben ganz erloschene Augen, sie haben den Tod im Gesicht.

Sieh dir *meine* Augen an, die sind lebendig, sie tanzen wie die von Hector, deine auch, sie sprechen!

Ich hab' dich einmal in der Messe gesehen, du warst da mit anderen Jungen, du magst das nicht, hm? Ich auch nicht, aber wenn sie ihr Bimmelglöckchen läuten und die Leute auf allen Vieren kriechen, dann bleibe ich immer stehen, keiner sieht mich, ich bin ihnen über.

Da ist so ein Priester, der wohnt bei dir, na so'n Rindvieh, du weißt schon. Es ist schrecklich, weißt du, es gibt sogar Frauen, die Priester sind, mit so großen weißen Vögeln auf den Köpfen und einer klitze-klitzekleinen Nase, man sollte sie wie Männer anziehen, das wäre richtiger."

Ich höre ihr zu – bisher habe ich nie jemandem zugehört –, ich höre ihr zu und möchte ihr sagen, daß sie mitkommen soll, daß alle fort sind, daß ich der Chef des Hauses bin, aber das Rennen ist aus, und die Menschenmenge reißt uns auseinander.

Männer und Frauen trampeln einander zu Boden, manchen sickert Speichel aus dem Mund, ich blute aus der Nase, man schleift mich fort, man bringt mich zu Bett.

Vierzig Fieber und turmhoch über mir der Pfarrer, der meinen Vater an die Spiegelkommode nagelt, das Glas zerbricht, und hinter einem Loch liegt ausgestreckt im Gras das Mädchen, ein Säckchen Lavendel zwischen den Zähnen.

Als ich wieder gesund war, erfuhr ich ihren Namen: Sie hieß Etiennette und war die Tochter des Abdeckers von Aigues-Mortes; ich aber nannte sie Muschel, weil sie mich inmitten einer Menschenmenge, die ans Meer erinnerte, in den Arm gekniffen hatte.

Ich dachte jeden Tag an sie, aber Aigues-Mortes war für mich eine sehr entlegene Stadt, und schon der Name dieser Stadt – „Tote Gewässer" – jagte mir entsetzliche Angst ein.

Zuhause begann die Freiheit uns lästig zu werden, wir warteten auf etwas Neues, auf die Rückkehr unsers Vaters zum Beispiel.

Eines Tages holte ich den Esel aus dem Garten und trug ihn mit Hilfe meiner Brüder auf den Speicher, nachdem ich ihm ein englisches Mützchen mit zwei Löchern für die Ohren aufgesetzt hatte.

Jeden Morgen stiegen wir hinauf zu dem Tier, und nach einer peinlich festgelegten Reihenfolge fragten wir traurig das arme, aus dem Fenster blickende Vieh:

„Bruder Esel, Bruder Esel, siehst du nichts?"

So einfältig und albern einem tadellosen, gebildeten Menschen ein solches Treiben auch vorkommen mag: Tatsache ist, daß eines Morgens in aller Frühe der Esel mit der Mütze wackelt, iah zu schreien beginnt, die ganze Stadt aus den Federn reißt, durchs Fenster springt und einer Staubwolke entgegengaloppiert, die er im Handumdrehen auf seinem Rücken herbeischleppt.

Das alles in siebenundfünfzig Sekunden, mit der Stoppuhr gemessen von meinem Bruder Ernest dem Sportlichen.

Die Staubwolke war...unser armer Vater, er trug einen alten Sportanzug und einen mexikanischen Sombrero.

Er sieht uns schweigend an und zählt. Als er merkt, daß einer fehlt, zerdrückt er auf der Backe flüchtig eine Träne wie eine Wanze auf der Wand, klemmt sich den Kleinsten von uns unter die Achsel und versohlt ihm systematisch den Hintern.

Der Kleine brüllt, und mein Vater verkündet:

„Ich habe seit drei Wochen nichts gegessen, ist das Essen fertig?" Oh Zufall: unsere alte Hausgehilfin Marie-Rose, die es, was glückliche Fügungen angeht, mit jedermann aufnehmen konnte, ist getreulich zur Stelle, einen nagelneuen Hund auf den Armen, der den anderen ersetzen soll.

„Es ist angerichtet, Monsieur", brummt sie mit ergreifender Schlichtheit.

„Ich mag keinen Hund", erwidert mein Vater, „ich habe in China welchen gegessen und finde, es schmeckt nicht."

Ah, welch ein sublimes Mißverständnis, und was für eine Familienidylle: dieser alte Verlorene Papa, diese alte Magd, dieser alte Esel in diesem alten Haus mit den alten Bäumen in diesem alten Garten!

Wie eh und je bläst Vater das Jagdhorn, und wir marschieren im Gleichschritt ins Speisezimmer.

Aber kaum hat das Essen begonnen, kaum ist die Schildkrötensuppe serviert, da erhebt sich Vater mit seltsam flackernden Augen, steigt aufs Büffet und trampelt wie ein Wilder auf der Vorspeise herum, wobei er eine ziemlich verworrene Ansprache hält.

„Schildkröte, na sowas, ihr seid wohl übergeschnappt! Tischt mir die Schildkröte in ihrem angestammten Panzer auf, sonst ist das Familienessen vorbei.

Tischt mir das Eis in seinem Eisschrank auf und den Schrank in seinem Baum, oder gebt mir meinetwegen Hühnerfleisch, aber versucht doch sowas nicht, mit mir nicht, sag' ich euch, ich habe Bäume genug gesehen, Bäume wie die hiesigen, kahlköpfig im Winter, im Sommer gelockt, mal größer und mal kleiner, aber aus einem Holz, daß euch der Appetit auf Sofatische vergeht, und genauso die Krokodile, ich kann sie nicht mehr riechen, versteht mich richtig, Bälger, ich meine die dicken Krokodile, die riesengroßen, die vor Scham in Tränen ausbrechen, wenn sie eine Handtasche sehen, und all die großen Tiere, die der Landwirtschaft schaden und die sich einen Job in den Fabriken suchen.

Und an Weihnachten kam ich im Einbaum zurück, wir wußten nicht, was wir machen sollten, im Freien lachen, Menschenfleisch essen, den Urin der Toten trinken oder ein Liedchen schmettern.

Splitternackt, auch an den Beinen, schlafe ich ein im Sand, und da kommt eure verstorbene Mutter und frißt mir aus der Hand, frißt mir die Haare vom Kopf.

Ich brülle los, wache auf, und da stehen sie alle um mich herum, die großen Süßwasserärsche, die Zuaven, die Kläffer des Kommisssars, die Missionare mit den Wickelschwänzen.

Sie haben mir meinen Fahrschein geklaut, mein kleines Bahnsteigkärtchen, und mich mitten in der Wüste mit einem Kamel im Hals als Leiche zurückgelassen.

Stellt euch vor, Bälger, hört euch an, wie sie vorgehen: Sie legen einen Kragenknopf in den Sand, der Knopf funkelt, und dann kommt der Neger.

Der Neger bückt sich, und sie hauen ihm ein Kruzifix oder eine Trikolore ins Kreuz.

So wahr ich hier stehe, ich war so allein wie ein Püppchen in einer Knetmaschine, ganz allein mit den Straußenvögeln.

Es ist leicht (sagten sie), herauszukriegen, wie spät es ist: pustet ihnen in die Augen.

Die knacken euch mit einem Tritt die Knochen, und wenn man schließlich einen von ihnen zu packen kriegt, dann ist es ein Strauß, der vorgeht oder der nachgeht, ich habe einen gesehen, der Wecker verschluckte, das klingelte vielleicht, es war furchterregend.

Und dabei war's beileibe nicht leicht, mich unterzukriegen, als ich ein junger Spund war; einmal hab' ich 'nen Spieß in den Kübel mit dem Abwaschwasser getunkt, und Schluckauf für Schluckauf habe ich ihm die militärischen Ehren erwiesen.

Sie haben mich schwer in die Pfanne gehauen, zehn Jahre! Aber was habe ich da für Puppen gehabt, die Wäsche haben sie mir gewaschen, das Fleisch haben sie mir vorgekaut.

Als ich wieder draußen war, lernte ich eure Mutter kennen, mit 'nem Schlapphut mimte ich vor den Cafés den Napoleon damals, ich stand sofort auf ihr, mit List und Tücke hab' ich mich durchgeschlagen.

Und dann haben wir uns abgesetzt, aufs Altenteil zurückgezogen, und ich habe euch 'reingelegt, Kinder, das Ding mit den Wasserstrahlen, das hab' ich mit einem Dosenöffner gemacht.

Heute, Bälger, steht's mir bis hier, ich komm' nicht mehr mit, bin ganz schrumplig, ein erledigter Mann.

Jawohl erledigt, ich bin ehrlich erledigt mit meinen Ehrenbandorden der Hosenlegion…"

Aber steif, so steif, daß man meint, gleich werde das Möbel zerbrechen und ein Brett fiele krachend herunter, stürzt er vom Büffet herab.

Auf einmal springt die Tür auf, und bärtig, fröhlich und kaum wiederzuerkennen, steht der Pfarrer im Zimmer, eine Polizistenmütze keck auf die Tonsur gedrückt, und unter seiner Soutane gucken Wickelgamaschen hervor.

„Hurra", sagt er, „es ist soweit; ach Kinder, meine lieben Kinder!

Geduld und Nachgiebigkeit sind nicht dasselbe, so konnt' es ja nicht weitergehen, endlich wird Frankreich, die älteste Tochter der Kirche, wach, es ist ein richtiger Kreuzzug!

Diebe, Hunnen! Im Jahre siebzig haben sie uns die Uhren gestohlen, damit wir nicht hören, wann die Stunde der Rache schlägt, sie haben uns den Torpedo-Frau-Plan und den mit dem Würfelgepäck gestohlen.

Kulturbanausen! Alles haben sie geplündert, die Jungfrau von Orléans verbrannt, und hätten wir sie gewähren lassen, sie hätten den Löwen von Belfort zum Pudel umfrisiert.

Aber gottlob gibt es ja noch uns, und der da droben (er zeigt zum Kronleuchter) ist auch noch da.

Stimmt's Kinder? Aber was, was ist denn los?“ Und über unseren Vater gebeugt, versucht er, ihn wieder flottzumachen, und er spricht von dem Bein, dem berühmten Bein, auf welches das Land seine Hoffnungen setzt.

Aber eine Geschichte von einem künstlichen und vermutlich imaginären Bein ist einfach zu wenig, um einen toten Mann lebendig zu machen. Der Pfarrer steht auf, und mit dem kleinen Finger an der Soutanennaht spricht er das Totengebet.

Eine Frau steckt den Kopf durch die halbgeöffnete Tür, ihr hängt die eine Hälfte der Brust aus der Bluse, sie wendet sich an den Pfarrer.

„Nun komm schon, du fettes Untier, ich zeig' dir, wie die kleine Bettelschwester Spagat macht!“

Der Pfarrer unterbricht sein Gebet und sieht lachend die Frau an.

Es ist Krieg, draußen läutet die Sturmglocke. Alles rennt, alles umarmt sich, man trinkt, man kneift sich in den Hintern, man macht Junge für den nächsten.

Es ist Krieg; am Abend werden sich zwei Hirten, zwei Dorfidioten, die man in eine Scheune gesperrt hat, die Kehle durchschneiden, denn sie wollen nicht mit.

Man wird sie weder in der Kirche noch später unter Siegessäulen begraben: das ist immerhin etwas.

1930

Versuch der Beschreibung eines Köpfe-Diners in Paris, Frankreich

Die in der Furcht des Herrn…
die nicht Herrn ihrer Furcht…
die Fahnen und andere Fetische küssen
die fortwährend etwas einweihen müssen
die glauben
die glauben zu glauben
die sich auf Kanzeln schrauben
die sich auf Rosen betten
die stets ihr Vermögen retten
die sich dem Vaterland opfern
die fürs Mutterland Kolonien erobern
die mit dem Säbel rasseln
die Ideale verhökern
die brav im Gleichschritt marschieren
die sich auf Hochglanz polieren
die Bäuche mit sich schleppen
die züchtig die Augen niederschlagen
die wissen wie man ein Hühnchen tranchiert
die *inwendig* kahlköpfig sind
die Hunde- und andere Meuten segnen
die ihren Chefs mit Ehrfurcht begegnen
die Totenscheine wie Briefmarken sammeln
die Vorwärts Attacke brüllen
die selber stets auf der Stelle treten
die den Kindern Kanonen geben
die den Kanonen Kinder geben
die ins Schwimmen geraten doch niemals ertrinken
die nicht Piräus mit Pyrrhus verwechseln
die ihre Riesenflügel am Fliegen hindern
die im Traum die Chinesische Mauer mit Glasscherben spicken
die beim Lammfleischessen ein Wolfsgesicht machen
die Eier stehlen und sie dann nicht zu kochen wagen
die viertausendachthundert Meter Mont Blanc, dreihundert Meter
Eiffelturm, fünfundzwanzig Zentimeter Brustumfang haben und
mächtig stolz darauf sind
die immer von Frankreich schwelgen
die laufen, fliegen und uns rächen[1], all diese und viele

[1] Anspielung auf eine Stelle in Corneilles *Le Cid* (*Anm. d. Übers.*)

andere mehr betraten stolz auf knirschendem Kies den
Elysée-Palast, all diese drängelten und zertraten sich fast,
denn es gab ein großes Diner von Köpfen; und ein jeder
hatte sich den fabriziert, der ihn am meisten amüsiert.

Einer trug einen tönernen Pfeifenkopf, ein anderer den Kopf eines angelsächsischen Admirals; da waren welche mit Stinkbombenköpfen, Sprengkopfköpfen, Köpfen von kopfkranken Tieren, kopflastigen Kopfrechnerköpfen, Wasser- und Brückenköpfen, verschlafenen Kopfkissenköpfen, Preßkopfköpfen, Zylinderköpfen, Kopfhörerköpfen und Käse-, Butter-, Eierköpfen.

Etliche trugen auf ihren Schultern, um die Leute zum Lachen zu bringen, entzückende Kalbskopfgesichter, und diese Gesichter mit den Hälmchen grasgrünen Grases im Ohr wie Seegras in den Klippen waren so schön und traurig, daß keiner sie bemerkte.

Eine Mutter mit einem Totenkopf zeigte lachend ihre Tochter, die einen Waisenkindskopf trug, dem greisen Diplomaten, einem Freund der Familie, der einen Mädchenmörderkopf gebastelt hatte.

Es war wirklich köstlich entzückend und so unbestreitbar geschmackvoll, daß man, als schließlich der Präsident mit seinem prachtvollen Ei-des-Kolumbus-Kopfe erschien, schier aus dem Häuschen war.

„Es war ganz leicht, man mußte nur drauf kommen", sagt, eine Serviette entfaltend, der Präsident, und vor so viel komplizierter Einfachheit können die Gäste ihre Erregung nicht länger bemeistern; aus kartonierten Krokodilsaugen vergießt ein ebenso beliebter wie beleibter Industriemagnat authentische Freudentränen, ein kleinerer nagt an der Tafel, hübsche Frauen streichen sehr sanft sich über die Brüste, und der oben erwähnte Admiral leert im Taumel der Begeisterung sein Sektglas von der verkehrten Seite, beißt ins Glas und stirbt stehend mit durchlöchertem Darm, an die Reling seines Stuhls sich klammernd und schreiend: „Frauen und Kinder zuerst!"

Seltsamer Zufall: des Schiffbrüchigen Ehefrau hatte am Morgen des nämlichen Tages auf den Rat ihrer Putzfrau hin sich einen höchst bemerkenswerten Kriegerwitwenkopf mit zwei tiefen Gramesfalten zu beiden Seiten des Mundes und den zwei Tränensäcken, grau unter blauen Augen, gefertigt.

Aufrecht sitzend auf ihrem Stuhl, wendet sie sich an den Präsidenten und fordert lauthals Kriegshinterbliebenenrente sowie das Recht, auf ihrer Abendgarderobe des Verblich'nen sechs Tanten nein Sextanten an einer Kette tragen zu dürfen.

Ein wenig besänftigt, läßt sie sodann ihren Witwen- und Waisenblick weithin über die Tafel schweifen, und als sie unter den Hors d'oeuvres etliche Rollmöpse sieht, ißt sie mechanisch davon und schluchzt, ißt dann noch einmal und gedenkt des seligen Admirals, der zu Lebzeiten relativ selten Rollmöpse aß, obwohl er sie doch so sehr mochte. Stop. Der Protokollchef ist's, der bittet, man möge das Mahl 'mal kurz unterbrechen: der Präsident will eine Rede halten.

Der Präsident hat sich erhoben, er hat das spitze Ende seiner Eierschale mit seinem Messer aufgeklopft, denn es ist ihm zu warm, ganz entschieden ein wenig zu warm.

Er hebt zu sprechen an, und die Stille ist so stille, daß man die Fliegen fliegen hört, ja daß man sie so deutlich fliegen hört, daß man den Präsidenten nicht mehr reden hört, und das ist jammerschade, denn er redet ausgerechnet von Fliegen und ihrer unleugbaren Nützlichkeit auf allen Gebieten, zumal auf kolonialem Gebiet.

„...denn ohne Fliegen keine Fliegenwedel, ohne Fliegenwedel kein Dei von Algier, kein Konsul...keine Schmach, die Rache fordert, keine Ölbäume, kein Algerien, keine Hitzewellen, meine Herren, und die Hitzewellen sind im übrigen die Gesundheit der Reisenden..."

Doch wenn Fliegen sich langweilen, sterben sie, und da all die Geschichten von Anno Tobak, all die Statistiken sie mit tiefer Traurigkeit erfüllen, fangen sie an, erst das eine, dann das andere Beinchen von der Zimmerdecke zu lösen, und fallen herab wie die Fliegen, fallen herab auf die Teller...auf die Hemd- und anderen Brüste – mausetot, wie's im Märchen heißt.

„Die edelste Errungenschaft des Menschen ist das Pferd", fährt der Redner fort, „...und bliebe nur einer übrig, so werde *ich* dieser eine sein."

Das ist das Ende der Rede; wie eine matschige, von einem flegelhaften Bengel mit voller Wucht an eine Wand geworfene Apfelsine platzt die MARSEILLAISE in die Runde, und allen anwesenden Damen und Herren kocht sogleich das Blut in den Adern, sie springen auf, ganz übergossen vom vielen Blech der Bläser und des Redners, auch von der Farbenpracht der Uniformen und trunken von Frankreichs Geschichte...und vom Burgunder.

Alles steht stramm außer dem Mann mit dem Nationalhymnendichterkopf, der meint, nun sei es soweit, und der findet, im Grunde sei's gar nicht so übel gespielt, und dann hat die Musik sich allmählich wieder beruhigt, und die Mutter mit dem Totenkopf hat die Gelegenheit benutzt, ihr Töchterchen mit dem Waisenkindskopf in die Nähe des Präsidenten zu schieben.

In der Hand einen Blumenstrauß, rückt das Kind mit seiner Begrüßung heraus: „Sehr geehrter Herr Präsident..." Doch die Erregung, die Hitze, die leisen Witze und dazu noch die Fliegen...sie taumelt, fällt und bleibt liegen, die Zähne wie eine Heckenschere in den Strauß Blumen gepreßt.

Der Mann mit dem Bruchbandkopf und der mit dem Zellgewebeentzündungskopf stürzen herbei, und die Mutter rafft die Kleine vom Boden, autopsiert und verleugnet sie, da sie im Ballheft des Kindes zotige Zeichnungen findet, wie man sie nicht alle Tage sieht, aber sie wagt nicht anzunehmen, daß der ergraute Diplomat, der Freund der Familie, von dem die Stellung des Vaters abhängt, es war, der sich da ein so loses Vergnügen gegönnt hat.

Das Notizbuch unterm Kleid verbergend, piekst sie sich mit dem dazugehörigen Bleistiftstummel fest in die Brust und stößt ein markerschütterndes Klagegeheul aus, und ihr Schmerz rührt die andern zutiefst, denn sie glauben, dies sei ganz gewiß der Schmerz einer liebenden Mutter, die soeben ihr Kind verlor.

Voller Stolz, daß alle sie ansehen, läßt sie sich zügellos gehen, sie genießt es, daß alle sie hören, sie wimmert, sie singt:

„Wo ist denn mein liebstes Töchterlein, wo ist denn mein Barbara-Schätzchen, das die Karnickel mit Gras und mit Karnickeln die Kobras gefüttert..."

Doch der Präsident, für den dies wohl nicht das erste Waisenkind ist, winkt mit der Hand, worauf das Fest seinen Fortgang nimmt.

Und die gekommen sind, um Kohle und Getreide zu verkaufen, verkaufen Getreide und Kohle und große, allseits von Wasser umspülte Inseln, große Inseln mit Kautschukbäumen und mit dressierten Metallklavieren, damit man im Umkreis der Plantagen nicht allzu sehr das Geschrei der Eingeborenen hört, wenn die stets zu Späßen aufgelegten Pflanzer nach dem Abendbrot ihre Repetiergewehre probieren.

Einen Vogel auf der Schulter, einen andern im Hosenbund, um ihn – den Vogel – später daheim zu braten, streifen die Dichter durch alle Salons.

„Es ist", sagt einer von ihnen, „wahrhaftig sehr gelungen."

Doch in einer Magnesiumwolke ertappt man den Protokollchef auf frischer Tat. Verrat! Er rührt mit einem Kaffeelöffel in einer Tasse kalten Kakaos.

„Es gibt keine extra Löffel für kalten Kakao, das ist äußerst suspekt!" sagt empört der Präfekt. „Daran hätte man denken müssen; der Zahnarzt hat ja auch seine Zahnzange, das Papier sein Papiermesser und die Radieschen ihre Salatteller."

Doch plötzlich fangen alle an zu zittern und zu beben, denn ein Mensch mit einem Menschenkopf ist aufgetaucht, den niemand eingeladen hatte und der behutsam einen Korb mit dem Kopf von Ludwig XVI. auf die Festtafel stellt.

Das Entsetzen ist wirklich groß, Zähne, dürre Greise sowie die Fensterläden klappern vor Angst.

„Wir sind verloren, wir haben einen Schlosser enthauptet", behaupten, kreischend die Treppengeländer herunterrutschend, die Bürger von Calais in ihren Hemden, die grau sind wie die Graue Eminenz.

Großes Entsetzen, Tumult, Betroffenheit, Belagerungszustand, alles im Eimer, und der Wachtposten draußen in seiner Galauniform und mit seinen schmutzigen Händen unter schneeweißen Handschuhen, der Wachtposten, der in den Gossen Blut und auf seinem Waffenrock eine Wanze sieht, denkt bei sich, es steht schlecht, und man sollte verschwinden, solange noch Zeit dazu ist.

„Ich hätte", sagt lächelnd der Mann mit dem Menschenkopf, „euch auch gern die Überbleibsel der kaiserlichen Familie mitgebracht, die, scheint's, im ›Kaukasischen Keller‹ in der Rue Pigalle ruht, doch die weinenden, tanzenden und Getränke verkaufenden Kosaken hüten eifersüchtig ihre Toten.

Man kann nicht alles haben, ich bin nicht Ruy Blas, ich bin nicht Cagliostro, ich gehe nicht mit Kristallkugeln um, hantiere nicht mit Kaffeedreck. Ich habe auch keinen Rauschebart wie die Propheten. Ich lache sehr gern in Gesellschaft, ich spreche hier für die ans Bett Gefesselten, ich monologisiere für die Hafenarbeiter, ich grammophoniere für die Prachtidioten von den Stadtrandboulevards, und es ist purer Zufall, daß ich euch hier in euren trauten vier Wänden besuche.

Der erste, der sich untersteht zu sagen 'Der ist nicht ganz bei Trost', der ist ein toter Mann. Keiner sagt es, schade, war ja nur Spaß.

Spaß muß sein, und hättet ihr Lust, so nähm' ich euch mit auf eine Stadtrundfahrt, doch ihr habt Angst vorm Reisen, ihr wißt, was ihr wißt, und daß der Turm von Pisa schief ist und daß euch schon schwindelt, wenn man euch nur von der Seite ansieht.

Ihr hättet euch prächtig amüsiert, so wie der Präsident, wenn man ihn in ein Bergwerk führt, so wie Rodolphe mit der Spelunke, wenn er den Messerstecher besucht, so wie damals, als ihr noch klein wart und als man euch in den Botanischen Garten mitnahm, den großen Ameisenbären zu sehen.

Ihr hättet die Gauner ohne ihr Soho, die Aussätzigen ohne Glöckchen und die Männer ohne Hemd sehen können, die auf den Bänken liegen – ein Weilchen nur, denn es ist ja verboten, dort länger zu verweilen.

Ihr hättet die Männer in den Nachtasylen gesehen, wie sie das Kreuzzeichen schlagen, um ein Bett zu bekommen, und Familien mit acht Kindern, 'die zu acht in einem Zimmer hausen', und wenn ihr schön brav gewesen wäret, hättet ihr das Glück und das Vergnügen gehabt, den Vater zu sehen, der aufspringt, weil er den Säuferkoller bekommt, die Mutter, die sanft entschläft überm letzten Kind, und die übrige Familie, die davonrennt und einen Weg durch das Blut sich zu bahnen sucht, um ihrem Elend zu entrinnen.

Sehen muß man, sage ich euch, es ist hinreißend, um die Zeit, da der Gute Hirte seine Schafe zum Schlachthof La Villette führt, um die Zeit, da mit weichem Geräusch der Sohn aus gutem Hause sich auf dem Trottoir die Hörner abstößt, um die Zeit, da die Kinder in ihrem Schlafsaal aus Langeweile die Betten wechseln...da muß man den Mann in seinem Klappbett liegen sehen um die Zeit, da gleich sein Wecker rasselt.

Seht ihn euch an, hört ihn schnarchen, er träumt, er träumt, er verreise, träumt, es stünde alles zum Besten, träumt, er hätt' einen Fensterplatz, doch der Zeiger des Weckers verschmilzt mit der Anzeigetafel im Bahnhof, und der Mann steht auf und taucht den Kopf in die Schüssel mit Wasser, das im Winter gefriert und im Sommer stinkt.

Seht nur, wie er sich sputet, den Milchkaffee schlürft, das Fabriktor passiert, wie er schuftet, aber er ist noch nicht wach, der Wecker war nicht laut genug, der Milchkaffee war nicht stark genug, er träumt noch, er träumt, er verreise, träumt, er hätt' einen Fensterplatz, er lehnt sich weit aus der Tür und fällt in einen Garten, fällt mitten auf einen Friedhof, wacht auf und brüllt wie ein Tier, ihm fehlen zwei Finger, die Maschine hat ihn gebissen, er war nicht zum Träumen hier, ja, ihr habt recht: das mußte ja so kommen.

Ihr meint, dergleichen käme nicht oft vor und eine Schwalbe machte noch keinen Sommer. Ihr meint, ein Erdbeben in Neuguinea hind're in Frankreich den Wein nicht am Wachsen, den Käse nicht an der Reifung und die Erde nicht, sich zu drehen.

Doch ich habe euch nicht gebeten, irgendetwas zu meinen; ich habe gesagt, daß ihr hinsehen, hinhören sollt, um euch daran zu gewöhnen, um nicht überrascht zu sein, wenn ihr eure Elfenbeintürme zerbersten hört an dem Tag, an dem die wahren Elefanten kommen werden, um sich ihr Elfenbein zurückzuholen. Denn diesen kaum mehr lebendigen Kopf, den ihr da unter der toten Pappe herumtragt, diesen aschfahlen Kopf unter komischer Pappe, diesen Kopf mit all seinen Runzeln, all seinen gelehrten Grimassen: eines Tages werdet ihr ihn mit gelöstem, vom Rumpf gelöstem Lächeln schütteln, und wenn er dann ins Sägemehl rollt, werdet ihr nicht ja und nicht nein mehr sagen.

Und wenn nicht *ihr*, so ein paar von den Eurigen, ihr kennt ja die Fabeln mit euren Ordnungshütern und euren Wachhunden, und es ist nicht Grips, was euch fehlt.

Ich scherze, aber ihr wißt ja: eine Winzigkeit genügt, wie man sagt, um den Lauf der Dinge zu ändern. Ein bißchen Watte mit Benzin im Ohr eines kranken Monarchen, und der Monarch fliegt in die Luft. Die Königin eilt an sein Bett. Es gibt gar kein Bett. Auch keinen Palast mehr. Nichts als Trümmer und Trauer. Die Königin fühlt, wie ihr Verstand sich verdunkelt. Um ihr gefällig zu sein, gibt ihr ein Unbekannter mit gütigem Lächeln schlechten Kaffee. Die Königin trinkt davon, die Königin stirbt daran, und die Diener kleben Zettel auf das Gepäck der Kinder. Der Mann mit dem gütigen Lächeln kommt wieder, öffnet den größten der Reisekoffer, drängt die kleinen Prinzen hinein, verriegelt den Koffer, bringt ihn zur Gepäckaufbewahrung und zieht sich händereibend zurück.

Und, Herr Präsident, meine Damen und Herren, wenn ich sage: der König, die Königin, die kleinen Prinzen, dann meine ich das nicht wortwörtlich, denn man kann nicht gut die Königsmörder tadeln, die keinen König zur Hand haben und die deshalb zuweilen ihre Talente in ihrer nächsten Umgebung erproben.

Insbesondere unter Leuten, die meinen, eine Handvoll Reis genüge, um über Jahre hinweg eine ganze Chinesenfamilie am Leben zu halten.

Unter Frauen, die bei Ausstellungen blöde kichern, weil eine Negerin ein Negerkind auf ihrem Rücken trägt, und die selber seit sechs oder sieben Monaten ein weißes, totes Kind in ihren weißen Bäuchen tragen.

Unter den dreißigtausend vernünftigen, aus Leib und Seele bestehenden Personen, die mit Marschmusik vorneweg am Sechsten März in Brüssel zum Denkmal des 'Friedenstauben Soldaten' marschierten, und unter den Frauen, die morgen in Blankenese, Baden-Baden oder Winsen an der Luhe zum Denkmal des jungen ungescheiten Gefreiten marschieren werden, den der Krieg erwischt hat wie jeden und alle..."

Aber eine von weit hinten von einem empörten Taubennarren geworfene Karaffe trifft den Mann, der davon sprach, wie gern er lachte, mitten auf der Stirn. Er stürzt zu Boden. Der „Friedenstaube Soldat" ist gerächt. Die offiziellen Karteninhaber traktieren den Kopf des Mannes mit Tritten, und das Mädchen, das zur Erinn'rung die Spitze seines Sonnenschirmchens in das Blut des Sterbenden taucht, bricht in ein kurzes, bezauberndes Lachen aus. Die Musik spielt weiter.

Der Kopf des Mannes ist rot wie eine viel zu rote Tomate, an einer Sehne baumelt ein Auge, doch aus dem zerfleischten Gesicht strahlt das heile Auge, das linke, hervor wie eine Laterne auf einem Trümmerhaufen.

„Schafft ihn fort", sagt der Präsident, und auf einer Bahre liegend, das Gesicht mit einem Polizistenmantel zugedeckt, verläßt der Mann den Elysée-Palast in waagerechter Lage, ein Mann hinter ihm, einer davor.

„Ein bißchen Spaß muß sein", sagt er zu dem Wachtposten, und der Wachtposten blickt ihm nach mit jenem starren Blick, den bisweilen diejenigen, die zu leben verstehen, denen nachsenden, die nur schlecht zu sterben wissen.

Durch das Rollgitter der Apotheke strahlt ein Stern, und wie die Heiligen Drei Könige auf der Suche nach dem Jesuskind betrachten die Metzgerjungen, die Federbetthändler und alle fühlenden Menschen den Stern, der ihnen verrät, daß der Mann da drinnen liegt, daß er nicht ganz tot ist, daß man vielleicht dabei ist, ihm zu helfen, und alle warten darauf, daß er 'rauskommt, in der Hoffnung, ihn endgültig fertigzumachen.

Sie warten, und kurz danach kriecht – auf allen Vieren wegen der niedrigen Öffnung im Gitter – der Untersuchungsrichter in den Laden, der Apotheker hilft ihm wieder auf die Beine und zeigt ihm den toten Mann, dessen Kopf auf einer Babywaage liegt.

Und der Richter fragt sich – und der Apotheker sieht, wie der Richter sich fragt –, ob das nicht der nämliche Mann ist, der den Leichenwagen des Marschalls mit Konfetti beworfen und der seinerzeit dem kleinen Gefreiten aus Korsika die Höllenmaschine auf den Weg geschoben hat.

Dann reden sie von ihren kleinen Kümmernissen, von ihren Kindern, von ihren Wehwehchen; der Tag bricht an, beim Präsidenten zieht man die Vorhänge auf.

Draußen der Frühling, die Tiere, die Blumen, aus dem Wald von Clamart trägt der Wind sogar milde das wilde Geschrei der Kinder herbei, es ist Frühling, der Zeiger im Kompaß zuckt wie verruckt, ein bebrillter Gesell schleicht in ein Bordell, und um die Knabenschule streunen buhlend Schwule und träumen von schwülen Gefühlen.

Es ist warm. Zärtlich wälzen abgebrannte Schwefelhölzer sich auf ihren Reibeflächen, es ist Frühling, die Pickel der Pennäler sprießen, und da ist auch die Sultanstochter und der Alraunendompteur, da sind die Pelikane, die Blumen auf den Balkonen, da sind auch die Gießkannen wieder, es ist halt Frühlingszeit.

Die Sonne scheint für jedermann, sie scheint nicht in die Kerker, sie scheint nicht für jene, die ihren Tag unter Tage verbringen,
die den Fisch entschuppen
die verdorbenes Fleisch verzehren
die Haarnadeln fabrizieren
die leere Flaschen blasen, die gefüllt von anderen getrunken
werden
die das Brot mit dem Messer schneiden
die den Urlaub in den Fabriken verbringen
die nicht wissen, welche Worte man sagt
die die Kühe melken und die Milch nicht trinken

die der Zahnarzt nicht zu betäuben pflegt
die man in Untergrundbahnen Blut spucken sieht
die in Kellern die Füllfederhalter erzeugen, mit denen draußen
    im Freien andere schreiben, alles stünde zum Besten
die viel zu viel zu sagen hätten, als daß sie's sagen könnten
die Arbeit haben
die keine haben
die welche suchen
die den Pferden zu trinken geben
die zusehen, wie ihr Hund krepiert
die ihr tägliches Brot einmal die Woche essen
die im Winter sich in den Kirchen wärmen
die der Kirchenschweizer zum Teufel jagt
die verfaulen wie stehendes Wasser
die essen möchten, um zu leben
die *unter* den Rädern reisen
die die Seine vorbeifließen sehen
die man einstellt, die man hinauswirft, deren Löhne man
    hebt, deren Löhne man drückt, die man manipuliert, die
    man filzt, die man piesackt
deren Fingerabdrücke man nimmt
die man aufs Geratewohl aus dem Glied treten läßt und
    erschießt
die man vor dem Triumphbogen antreten läßt
die nirgends sich zu benehmen wissen
die nie das Meer gesehen haben
die nach Leinen riechen, weil sie Leinen weben
die kein fließendes Wasser haben
die zu Kaki und Feldgrau verdammt sind
die man Salz auf den Schnee streuen läßt und absolut
    lachhaft dafür entlohnt
die schneller altern als andre
die nicht nach jedem Pfennig sich bückten
die sonntagsnachmittags vor Langeweile krepieren
    weil sie den Montag schon kommen sehen
    und den Dienstag, den Mittwoch, den Donnerstag, den
        Freitag
    und den Samstag
    und den Sonntagnachmittag.

1931

Befehlsverweigerung[1]

(Fortsetzungsgeschichte)

Seid unbesorgt liebe Leute
dies ist kein Aufruf zur Revolte
es ist ein besoffener Bischof der seinen Krummstab
gen Himmel reckt
er torkelt…
ist sternhagelvoll
er trägt auf dem Kopf diesen Hut den man Mitra nennt
und all seine Kleider sind reich bestickt
er ist voll
er rollt in den Rinnstein
die Mitra rutscht ihm vom Kopf
es ist Abend
dies alles geschieht in der Rue de Rome in der Nähe des
Bahnhofs Saint-Lazare[2]
auf dem Bürgersteig sitzt ein Hund
er sitzt auf seinem Arsch
und starrt den Bischof an
der Bischof starrt auf den Hund
wie Hund und Katze beäugen sie sich
doch da macht der Bischof die Augen zu
er wird vom Schluckauf geschüttelt
der Hund bleibt regungslos sitzen
regungslos und allein
doch der Bischof sieht zwei verschiedene Hunde
Kotze… Kotze… Kotze…
der Bischof erbricht sich
im Rinnstein schwimmen Haare vorbei… alte Kämme…
Metrobillets…
Fetzen von Wärmemull…
Präservative… Korken… Zigarettenkippen
bekümmert denkt der Bischof
Ist's möglich daß ich das alles gegessen habe
der Hund zuckt die Achseln
und rennt mit der Mitra davon
der Bischof bleibt allein vor der Apotheke zurück
dies alles geschieht in der Rue de Rome

[1] Originaltitel *La Crosse en l'air.* Die Redewendung *mettre la crosse en l'air* beschreibt die Geste des Soldaten, der sich weigert, den Befehlen seiner Vorgesetzten zu folgen: Er richtet den Lauf seiner Waffe zu Boden. *La crosse* ist auch der Bischofs- oder Krummstab (*Anm. d. Übers.*).
[2] in Paris (*Anm. d. Übers.*)

in der's eine Apotheke gibt
der Bischof brüllt
da kommt aus dieser Apotheke der Apotheker 'rausgerannt
er sieht den Bischof
er schlägt ein Kreuz
dann
zwei Finger in den Schlund des Bischofs steckend
steht er ihm bei...
er steht dem Bischof bei sich zu erbrechen
der nennt ihn seinen Sohn und schlägt das Kreuz über ihn
erbricht sich dann von neuem
mit den Fingern die das Kreuz geschlagen haben
hilft der Apotheker dem Bischof weiterzukotzen
schlägt dann wieder das Kreuz
und so weiter
abwechselnd
Kreuz und Kotzen
ein Stückchen weiter
hinter einem Bretterzaun
in einem Haus das sich in Bau befindet
oder dem der Abriß droht
kurzum in einem Haus für Menschen
gibt's einen großen Empfang
es ist der große Empfang
der Zirkushunde
ein Heidenspektakel
ein paar haben Knochen mitgebracht
andere Schnitzel
und allerlei sonstige Sachen
die mit den spitzen Ohren bilden das Ohrchester
es ist der große Zirkus der Hunde
er ist jeden ersten Freitag im Monat
doch das wissen allein die Hunde
und all den Hunden die da sitzen
führen andere Hunde Kunststücke vor
der Blindenhund
der Vorstehhund
der Schloß- und der Schläferhund
der innere Schweinehund
doch plötzlich ist der Teufel los
das Publikum kläfft sich halbtot vor Lachen
der Hund aus der Rue de Rome ist da
er trägt auf dem Kopf den Bischofshut sieht aus als
    hätt' er 'nen Riß in der Mütze
ja einen in der Mütze

mit salbungsvoller Gebärde
begrüßt der Hundswurst die versammelte Herde
lateinisch kläffend wendet er sich an den Herrn
das große Herrchen im Himmel
und kläffend verwünscht er die Fasten-, die
knochenlose Zeit
er zelebriert mit dem Schwanz die heilige Messe
und alle Hunde wälzen sich lachend bäuchlings am Boden
Kater unser der du bist im Himmel…
gebenedeit sei die Flucht deines Weibes…
doch da wird der Nachtwächter wach der auf der Baustelle
schläft
und das Hundevölkchen verdrückt sich
der Nachtwächter schläft wieder ein
ein Traum sucht ihn heim
Traum von Stille
Traum von Geräuschen
Traum…
in der Rue de Rome fließt langsam die Gosse
der Nachtwächter hört sie in seinem Traum
Gossentraum
Wassertraum
Straßentraum
Traum von Rom
vom Petersdom
Traum vom Papst… Traum von Rom… Traum vom Vatikan
Erinnerungstraum
Kindheitstraum oder -trauma
Rom einziger Gegenstand meines Grolls
der Wächter erwacht
erwacht und sagt immer wieder
So ist es
so ist es
Rom einziger Gegenstand meines Grolls
er erwacht
er steht auf
er putzt sich die Zähne
sagt immer wieder
immer wieder
Rom einziger Gegenstand meines Grolls
schon hat er die Laterne in der Hand
schon zieht er eifrig seines Wegs
und dieser Weg führt ihn nach Rom
wie alle anderen Wege
so ist es

so ist es
nach Rom zum Vatikan
so ist es
armer Nachtwächter da hat er sich am hellichten Tage
verlaufen
mitten in einer Stadt voller Leute die nicht dieselbe
Sprache sprechen wie er
eine traurige Reise
auf einmal sieht er über den Häusern ein Wölkchen
zum Himmel aufsteigen
da schreit er Feuer Es brennt
doch ein Italiener erklärt ihm auf italienisch daß
immer
ein Wölkchen zum Himmel aufsteigt
wenn ein neuer Papst gewählt worden ist
das versteht der Nachtwächter nicht
er schüttelt den Kopf
und der Abend bricht über den römischen Wahlkrampf
herein
der Papst ist gewählt
in den Ecken der Säle sitzen die nicht gewählten
Kardinäle
und ziehen ein schiefes Gesicht
sie sind nicht Papst geworden
alles ist im Eimer
doch auf der Loggia draußen
ernst wie ein Papst
erscheint der Papst[1]
umringt von seinen höchsten Pröpsten
er trägt auf dem Haupt die dreigeschossige
Kopfbedeckung Tiara genannt
und hebt die Hand
die Menge unten auf dem Platz sie wirft sich platt zu
Boden
der Menge bleibt die Spucke weg
die Menge findet die Spucke wieder
die Menge speit auf den Boden
die Menge wälzt sich in ihrer Spucke
wie eine Glucke vor ihren Küken hebt der Papst seine
päpstliche Hand und macht eine Papstgebärde
die Balkontür wird wieder geschlossen
und die Menge verläuft sich
verläuft sich in der Ewigen Stadt und ruft immer wieder

[1] In Wirklichkeit war der damalige Papst, Pius XI., bereits seit 1922 im Amt und blieb es bis 1939 (*Anm. d. Übers.*).

Juchhei
wir haben ihn gesehen
wir haben ihn mit den Augen berührt
ein wenig später macht der große Vatikan-Vorsteher
mit seinem Hinterteil in einer nougatgoldenen
Karosse sitzend eine Rundfahrt durch seinen Sperrbezirk
und kehrt dann in seine Gemächer zurück wo – auch er
voller Stolz wie ein Papst – sein alter Papa ihn
erwartet
familiäre Gefühlsausbrüche
üppige Tränenströme
der Vater hat einen Schädel wie den eines alten Bauern
er ist Pfeifenraucher
ein schlichtes Gemüt
doch leider ach leider
stinkt die Pfeife des paffenden Papst-Pius-Papas
wie die Pest
man öffnet die Fenster… räuchert mit Zucker… man
schließt die Fenster… worauf's hier vor allem ankommt
sind gute Manieren
doch alle Gossen führen nach Rom
und schon taucht der Bischof auf und fuchtelt mit
seinem Krummstab herum
sein Gesicht ist zerwühlt wie ein altes Bett
er torkelt… die Entrüstung ist allgemein… der
Heilige Vater stößt seinen alten Erzeuger beiseite
der dem Bischof ans Fell will er tritt vor den
Bischof und sagt
Man könnte fast meinen Ihr hättet getrunken
und er sagt dies mit einem derart grandiosen
Tonfall von kalter Verachtung
daß den kardiopathischen Kardinälen ihr bißchen Blut in
den Adern gefriert
Stille
tiefe doch nur kurze Stille
denn der Bischof ist trunkener als der Papst gedacht hat
und da er in einem Freudenhause in der Rue de l'Echaudé
eine Vielzahl schlimmer Worte gelernt hat redet er wie
ihm der Schnabel gewachsen ist
Na wenn ich blau bin Mann dann sicher nicht von dem
miesen Gehalt das du löhnst… popliger Pope…
doch er niest denn er hat sich die Grütze verkühlt
seit der Hund ihm die Mütze gemopst hat
Schließet die Fenster sagt der Papst
ein Propst erklärt seiner Heiligkeit die Fenster seien

schon zu
Verzeihung versetzt der Papst man kann sich ja mal irren
ich bin nur unfehlbar wenn ich von heiligen Sachen
spreche
darauf der Bischof
Unfehlbar... sei still... das ist ja zum Piepsen...
du Pupsgesicht... heilige Sachen... unfehlbar... da
fällt man ja glatt vom Glauben ab... du fleischloser
alter Knochen ich hab' die Nase gestrichen voll
von deinen heiligen Sachen... überhaupt wieso
bist du Papst und nicht ich... kannst du mir das mal
verraten... du hast meine Reise schamlos benutzt
um dich wählen zu lassen... Schlawiner...
Doppel- und Dreifachverdiener... du willst doch nur
dein Sparferkel mästen...
doch theatralisch zeigt der Papst mit dem Finger auf ihn
Barnabe ich werde Euch auf den Index setzen...
da bricht der eklige Greis in ein lautes Gelächter
aus
er ist barhäuptig
er schüttelt sich wie ein Hund
er schüttelt das ganze Wasser der Gosse aus seinen
Gewändern
er niest
er ist naß wie ein altes Löschblatt
das im Hof eines trübseligen Bürgermeisteramtes
gottverlassen im Regen schwimmt
naß wie ein altes Stück Brot
in einem Glas mit schmutzigem Wasser
und er brüllt
und er poltert...
Ha ist er nicht Klasse der Papst
wirklich einsame Spitze...
und er fläzt sich in einen Sessel
reißt schweinische Witze Der heilige Index was ja .
soviel wie Zeigefinger bedeutet
weißt du wo man den 'reinsteckt in der Rue de l'Echaudé
in Paris
das ist zuviel
der andere eklige Greis will sagen der Papst
man muß die Dinge beim Namen nennen
ein Hund ist ein Hund
'ne Sonnenblume 'ne Sonnenblume
ein kleines Mädchen das in einer Allee des Luxembourg
mit dem Reifen spielt

ist ein kleines Mädchen das in einer Allee des
Luxembourg mit dem Reifen spielt
der Jardin du Luxembourg ist ein Park
eine Blume ist eine Blume
doch ein Past was ist das
na eben ein ekliger Greis
und deshalb macht der praktizierende Katholik als er
sich in den sprechenden Kinematographen begibt um
dokumentarisch das wahre Gesicht des Vatikans zu
sehen... deshalb macht er ein dummes Gesicht der
praktizierende Katholik
was er sich vorgestellt hatte war etwas andres als dieser
leichenblasse Gottesmann... es war ein richtiger
Papst... ein Wolkenmensch... eine Art Sekretär des Herrn
mit Engeln die ihm die Schleppe tragen...
doch diese große platte Photographie da die lateinisch
den Mund bewegt
dieser große Kopf mit allen Spuren
berufsbedingter Deformation
wie Würde schmierige Gesten so schmierig wie die
letzte Ölung wie Brutalität Durchtriebenheit
und Scheinheiligkeit
und all dieser ganze Lug und Trug
all diese finsteren todernsten Possen
all diese Vatikannen und -kelche... die Fetische...
die gesegneten Klunkern... dieser Prunk... diese
protzigen Läufer... Salonwagen... goldene Lokomotiven...
silberne Stäbchen zum Zähnestochern... überall
Platinlatrinen...
all dieser Krösuskram...
all dieser sündhaft teure Plunder...
all das flößt ihm Unbehagen ein dem praktizierenden
Katholiken
auf seinem Platz der sechzehn Francs gekostet hat
und er hört Gelächter
und komische Kommentare
auf den billigsten Plätzen klopfen die Leute sich
lachend auf Schenkel und Kniee
Guck mal den Fummel den der Mummelgreis anhat...
heiliger Vater 'n Ring durch die Nase und der wäre
perfekt sag' ich dir...
da drängen sich dem praktizierenden Katholiken
schreckliche Fragen auf
Ach Gott... es gibt doch Mücken-, Fliegen- und
Wanzenvertilger Unkraut-, Ratten- und Mäusevertilger...

wieso gibt es nichts gegen Päpste…
Fragezeigen
und andere Fragen mehr
auf jede Frage die in ihm aufsteigt versucht der
praktizierende Katholik vergeblich die Antwort zu
geben die Frage sei falsch gestellt… nein die Frage
ist richtig gestellt… die Frage stand und steht
in Frage die Frage stellt alles in Frage
christliches Rätel
Liebt ihr einander
So lala ist die Antwort
er hat das ganz spontan gesagt der praktizierende Katholik
und er schämt sich
was für 'ne komische Krankheit die Scham
und wie häßlich sie macht
er weint… er möchte ja gerne jedermann lieben
(sagt er)
aber er kann nicht lieben…
er kann nur achten oder hassen…
er weint
doch auf der Leinwand oben rafft der Papst seine weißen
Röcke
und geht aus dem Bild…
der Film mit dem Heiligen Vater ist aus
jetzt kommen andere Wochenschaustreifen
italienisches Militär bombardiert ein abessinisches Dorf[1]
der praktizierende Katholik fühlt plötzlich
wie seine Tränen versiegen
er fühlt sein Herz voller Liebe pochen
fühlt seine Fäuste krampfhaft sich ballen
er liebt ja so sehr die Soldaten… die Bahren…
die Leichenzüge… die Friedhöfe… die alten
Friedhofskreuze… die Kreuzwege… die Gebeine…
bei jedem Torpedogeschoß das die „Neger" erledigt
entfährt ihm ein kleiner weißer Gluckser
vor den Bildern des Todes ergreift ihn die Lebenslust
er sieht dort droben am Himmel alle Brüder in Christo
all seine Brüder in Mussolini
die Erzengel der heiligen Schlachthof-AG
die Himmelsflitzer… die Bauchaufschlitzer… die
Blutverspritzer von nah und fern
die ganze Sippschaft Unseres Herrn…
er ist trunken vor Freude… er ist's zufrieden…

[1] Gemeint ist der Überfall des faschistischen Italien auf Äthiopien (italienisch-äthiopischer Krieg 1935/36) (*Anm. d. Übers.*).

er klettert auf seinen Sitz zu sechzehn Francs... er
beklatscht das Geschwader der pazifizierenden Katholiken...
er fühlt wie Hoffnung in ihm emporsteigt
eines Tags wird auch er vielleicht Blut vergießen
das Blut der Armen... das Blut der Schwarzen...
das Blut der Menschen die wirklich lebendig sind
nicht tot wie all die Beichtstuhlratten all die
Kanzelschwalben
doch Enthusiasmus macht müde und der arme kleine
unglückliche machtlose praktizierende und pazifizierende
Katholik... der arme arme arme kleine kleine kleine ganz
kleine ganz kleine sehr unglückliche...sehr katholische...
sehr katholische... sehr praktizierende Katholik setzt
sich wieder auf seinen Sessel zu sechzehn Francs
das Programm läuft nonstop...
er bekommt was zu sehen fürs Geld...
schon fängt die nächste Vorstellung an...
jetzt kommen die putzigen Tiere der Zeichentrickfilme
doch sie bleiben nicht lange
denn da ist schon da ist schon wieder das wahre Antlitz
des Vatikans
es beginnt mit einigen Bildern von Rom
man zeigt die Viertel der Stadt
auf einer Straße zwei Männer
die niemand bemerkt
einer von ihnen ist der Nachtwächter aus Paris
der andre ein Italiener der keine Arbeit hat
ein Römer
ein Römer mit Flicken am Hosenboden
ein Römer der schrecklich Kohldampf hat
die beiden Männer verlassen den Film
keiner bemerkt ihr Verschwinden
und da drüben laufen sie weiter durch Rom
der Römer gestikuliert mit den Händen
der Wächter versteht die Gebärden
dazu braucht er nicht seine Laterne
es sind Gesten wie er sie selber macht
eine um den Riemen enger zu schnallen
eine um auf den Inhalt der Schaufenster hinzuweisen
eine andre mit der Hand ganz dicht überm Pflaster
die Schulter ein wenig heruntergebeugt
das heißt man hat Kinder
mit den Fingern zeigt man wieviele
der Römer hier hat drei solche Kinder
und keine Arbeit

und sie unterhalten sich auch ein bi[illegible]en die beiden
Männer
und sie verstehen sich ausgezeichnet mit wenigen Worten
der Römer und der Pariser
Gangster Mussolini
Mussolini Gangster
sie lachen laut
sie haben sich bestens verstanden
eine herrliche Fröhlichkeit läßt sie lachen
Gangster... Mussolini
avanti... avanti...
leise singt der Römer dem Nachtwächter dann
das verbotene Lied vor
Wenn es nach Äthiopien geht
avanti... avanti...
dann geh'n die Gewehre allein auf Reise
das sage ich euch
sollen sie doch alleine loszieh'n
die Schieß- oder Scheißgewehre
sollen sie loszieh'n
wir bleiben daheim
und wenn sie zurück sind
holen wir sie mit 'ner Blaskapelle vom Bahnhof ab
der Nachtwächter hat nicht
alle Worte des Liedes verstanden
den Sinn aber hat er begriffen
und er fängt wieder an zu lachen
und die beiden Männer begegnen anderen Kumpeln
einer von ihnen ist bei Fiat bei Fiat in Turin
Turin... Turin-cassis...
der Nachtwächter denkt an den Aperitif gleichen Namens
das macht ihn durstig
er bleibt an einem Springbrunnen stehen
er hört das Plätschern des Wassers
er setzt sich
er trinkt
er hört das Wasser
und da kommt ihm wieder sein Traum in den Sinn
Rom einziger Gegenstand meines Grolls
er sagt den andern lebwohl und geht weiter
weiter in Richtung Vatikan...
er weiß nicht woher er das plötzlich hat
doch er hat eine Menge Dinge zu sagen
daran hat er die ganze Zeit schon gedacht
als er des Nachts im Winter auf seinem Bauplatz ganz

allein vorm Kohlebecken hockte
er hat eine Art Theater im Kopf
und sobald er allein ist geht sozusagen der Vorhang auf
und schreckliche Stücke sind es die da zu seh'n sind
keine Girlandentragödien mit längst verblichenen Bonzen
die gereimte Bumsgeschichten herunterleiern wie
Pfaffen in der Kirche
sondern Stücke mit Menschen aus Fleisch und Blut
mit lebendigen armen Frauen
mit Brot
mit Zahlen
Zahlen... Hagelschauern von Zahlen...
immer ganz kleine Beträge
und auch mit Männern die irgendwas produzieren...
und anderen die im Regen bedrückt auf den Autobus warten
mit alten Schuhen
kleinen Mädchen die den Milchmann unterwürfig bitten
anzuschreiben
Männern... Frauen... Kindern
Männern... Frauen... Kindern
die sich wehren gegen das Elend
die im eigenen Blute waten
im Blut und im Elend
in Elend und Blut
und lachend gondeln die andern in goldenen Nachen über
die Lachen eingehüllt in Seide und Samt an jedem
Zeh einen Diamant
in den Kirchen läuten die Glocken
damit die Armen zum Beten kommen
doch er der Nachtwächter
will die Glocken am Läuten hindern
reden will er
rufen schreien brüllen will er
brüllen...
doch nicht nur für sich allein will er brüllen
sondern für seine Genossen überall in der Welt
für seine Genossen Eisenbieger die an der Porte Champerret
in Paris die Häuser errichten für seine Genossen
Zementarbeiter... seine Genossen Kanalarbeiter...
überforderte Genossen... Genossen Fischer aus Douarnenez...
ausgebeutete Genossen... Genossen von der Transportgesell-
schaft... unterbezahlte Genossen... Genossen Abort-
grubenleerer... erniedrigte Genossen... chinesische
Genossen von den Reisfeldern Chinas... hungernde
Genossen... Genossen Bauern vom Ufer der Donau...

gefolterte Genossen… Genossen aus Belleville Grenelle
und Mexiko… unterernährte Genossen… Genossen Bergarbeiter
der belgischen Borinage… Genossen Bergarbeiter aus
Oviedo… dezimierte… niedergemähte Genossen…
Genossen Hafenarbeiter aus Hamburg… Genossen der
Arbeiterviertel Berlins… bespitzelte… verhöhnte…
betrogene… müde… entmutigte Genossen… schwarze
Genossen in den USA… gelynchte Genossen… Genossen
Matrosen in den schwimmenden Kerkern… eingesperrte
Genossen… indochinesische Genossen aus Poulo Condor…
niedergeknüppelte Genossen…
Genossen… Genossen
für diese seine Genossen will der Nachtwächter brüllen
für die Genossen aus allen Ländern welcher Hautfarbe
sie auch sind nicht nur Nacht-, auch Machtwächter
möchte er sein und wie er so vor sich hin geht gelangt
er zur Pforte des Vatikans
er hält an
vor dem Tor stehen Männer mit Federn am Kopf in der
Hand eine Hellebarde
diese Männer treten ihm in den Weg
und fragen ihn was er will
Ich will den Papst mal fragen ob er taub oder
schwerhörig ist… versteht ihr ich will wissen ob
er auf seinen Plüschohren sitzt und ob er lesen ob er
zählen kann..
ihn fragen was er von der heutigen Weltlage hält ihn
fragen – denn von Berufs wegen muß er ja gut sein wie gute
Butter – ihn fragen worauf er noch wartet um sein
Großmaul für die Unterdrückten aufzureißen…
und die Wache läßt ihn passieren denn sie glaubt er sei
ein Klempner der eine Dichtung am Wasserhahn der goldnen
Badewanne in Ordnung bringen soll in der sich der Heilige
Vater zuweilen das Hinterteil und die Unterseite der Füße
benetzt
da die Wache scheint's Dichtung und Wahrheit nicht
auseinanderzuhalten vermag
geht der Nachtwächter durch
er geht durch die prächtigen Säle
mein Gott verehrte Adele
ist das ein Luxuspuff
uff was für ein nobles Bordell mein bester Marcel
ein wahrhaft fürstliches Bumslokal nicht wahr Chantal
er rutscht übers spiegelglatte Parkett
in der Hand seine Blendlaterne

er rutscht so geschwind
daß man meint 's wär' der Wind
und da rennt er jemanden über den Haufen
ein Ekel
es ist ein schwarz gekleidetes Ekel
mit einem Docht anstelle der Haare
weiße Krawatte
wacklige Beine
der Nachtwächter rennt schnell weiter
Laval[1] steht wieder auf und klopft sich den Staub
    aus den Kleidern
ein Kammerdiener eilt dienstbeflissen herbei
Herr Graf
und Graf Laval erkundigt sich bei dem Kammerjäger ob
    schon des Papstes weißer Hermelin zu sehen sei und wie
    man es anstellt ihn protokollgerecht zu küssen
man bringt ein Probehermelin und der Staatsmann und das
    possierliche Tier zieh'n sich zurück zu einem trauten
    Tête-à-tête
der Nachtwächter setzt seine Forschungen fort und gelangt
    ins große Vorzimmer zum großen Salon der großen
    Audienz... unfaßbar wieviele Menschen da über die
    Fußmatte kriechen
ein Haufen bekannter Leute die Rang und Namen haben
Journalisten und andere Helfershelfer
livrierte Lakaien und Literaten
Bänker und Akademiemitglieder
Oligarchen Monarchen Magnaten...
der Nachtwächter hört ihnen zu
sie reden... nobel und neureich näselnd...
reden vom Teufel und aller Welt
doch vor allem ist die Rede von Geld
manche sind mit der Gattin da
Herr Schrott von Schlotterstein mit Frau[2]
Herr Spreti mit Frau Pleti
Herr Kühlmann und Frau Stumm
Frau Rothwild und Herr Freischild
Krautjunker von Dyck und Dynn Gräfin zu Sayn oder
    Nicht-Sayn

[1] Pierre Laval (1883-1945), bürgerl. Politiker, mehrfach frz. Außenminister (1934-36) bzw. Ministerpräsident (1931/32, 1935/36, 1940, nach 1942). Gab Mussolini 1935 „grünes Licht" für seinen Überfall auf Äthiopien. Ab 1942 führende Figur des Vichy-Regimes. 1945 wegen Kollaboration mit Nazi-Deutschland hingerichtet (*Anm. d. Übers.*).

[2] Im Original folgt hier eine lange Liste mit Namen der frz. Oberschicht, die den meisten deutschen Lesern wenig geläufig sein dürften. Deshalb der Versuch einer Übertragung in das entsprechende deutsche „Milieu" (*Anm. d. Übers.*).

Herr Erbach-Erbrach und seine Witwe
und auch die Hindenmurks mit Opa und Enkelschar
und ein kleiner Herr mit schütterem Haar
Erbprinz zum Schaum auf der Lippe
Herr Nikolaus Führer Arier und *Veget*arier in einer
Person
und dann die Babuschka-Reifenklaus... die von Glücksburg
und Sondersgleichen... die Betman-Hohlwegs die Schubs
von Kohlen und Walmdach... die Pferdhengsts die
Röthels von Scharlach die Mumps von Schwarzenstein
die Oetingen-Wackersteins die Ostertags anno
Tobak... ein paar Turner sind mit dem Taxi gekommen
dazu Hohenzollbeamte und Fincken und andere Galgenvögel
die Habsberger und die Meckernichts die Rippentropfs
und die Hugenzwergs und da ist auch quasi als
Quandtessenz Señora Mercedes Glänz
und die Röchlings und die Rücklings
und die Bißmarcks und die Bücklings
all die Henckel ohne Krug
all die zahnlosen Fleischvertilger
all die alten Todesmarschierer
und diese Damen
die dämlichen Damen
wie schön sind sie anzuschau'n wenn man an etwas anderes
denkt und fest die Augen schließt
was sie da zwitschern ist überaus köstlich
sie reden vom Papst
und wenn sie so reden machen sie mit den Mündern mümmelnd
dasselbe unangenehme Geräusch wie wenn sie am Tag des
Hochamts für die Toten in Sankt Marien zur Unbeleckten
Empfängnis die Betstühle rücken...
Und der Papst hat mir dies und der Papst hat mir jenes
gesagt und papperlapapst und blablabla
und diese herrlichen Herren fallen ein
Wie ich dem Heiligen Vater schon sagte sagt Pol Claudel[1]
zu einer reichen alten Schachtel
Auf ihr Toten unter die Dusche wir wollen saubere Leichen...
Oh M'sieur Claudel
Sie sind heut' wieder so originell Ihnen kann niemand
das Weihwasser reichen
flötet die alte Schachtel und kratzt sich an ihrer
Heckpartei

[1] Im Original Pol (*recte* Paul) Morand, der in Deutschland wenig bekannt ist, ganz im Gegensatz zu dem reaktionären katholischen Schriftsteller Paul Claudel (1868-1955), der z. B. im spanischen Bürgerkrieg (s. u.) fanatisch für die nationalistisch-faschistischen Generäle Partei ergriff (*Anm. d. Übers.*).

sie würde sich gern eine Widmung draufschreiben lassen
doch plötzlich hört sie auf sich zu kratzen
und auch die andern hör'n auf mit dem was sie tun
alles schlägt die Hacken zusammen
alles nimmt Haltung an
Mussolini durchschreitet den Saal
da ist er also der Feind des Negus
da ist er also der letzte Aufguß
von Napopoleon
er macht die komische Miene des Mannes der denkt er hat
 es geschafft aber der nicht so richtig weiß wie
 all das ausgehen wird...
er grüßt die ganze schöne Versammlung mit seinem römischen
 Gruß und mit römischem Gruße grüßt ihn die ganze schöne
 Versammlung zurück
auf einmal entdeckt Mussolini den Wächter und tritt auf
 ihn zu mit hochgezogener Braue
Na Sie grüßen wohl nicht oder was
Ich habe noch niemals jemand gegrüßt sagt der
 Nachtwächter da
der Duce ist sichtlich verdutzt
dieser einzelne Mann... seine unverfrorene Art.. die
 Laterne
das ist womöglich Diogenes
man kann ja nie wissen
und der Duce der keinen Ärger mit der Antike will führt
 den Nachtwächter fort in einen weniger belebten Salon
da sitzen sie nun auf einer gepolsterten Bank
Also was *ich* will sagt Mussolini
ist das Glück meines Volkes
Ich verstehe *la duce vita*... unterbricht ihn der Wächter
und lacht dazu
Mussolini ist sehr besorgt... und auf einmal hört er
 Geräusche
seine Unruhe wächst
das Geräusch das den Duce unruhig macht
kommt unter der Bank hervor
auf der er sitzt
Das ist nichts weiter... beschwichtigt der Wächter
es ist nur der italienische König[1]
der sich da unten die Beine vertritt
er langweilt sich
Ach so sagt Mussolini

[1] Vittorio Emanuele, der 1922 Mussolini die Regierungsgewalt übertragen hatte. Prévert spielt hier auf die Kleinwüchsigkeit des Monarchen an (*Anm. d. Übers.*).

Ich bin hier um den Papst zu sprechen fängt der
Nachtwächter wieder an
Ich auch sagt Mussolini
Ich auch tönt unter der Bank
das dünne Stimmchen des Königs
ich hab' eine Audienz bei ihm
Ich habe keine Audienz sagt der Wächter
ich komme nur so... als Tourist
Ah sehr interessant der Tourismus... fällt ihm der Duce
ins Wort
überaus interessant... Tourismus...
doch da geht das große Portal auf
ein Furienkardinal erscheint
Der erste wenn ich bitten darf
Das bin ich sagt der König und stürzt hervor
doch der Duce versetzt dem Monarchen einen unauffälligen
Tritt und der Monarch fliegt unter die Bank zurück
und schüttelt traurig den Kopf
Der erste bin ich sagt Mussolini
mit drohendem Unterton in der Stimme
Verzeihen Sie wirft der Nachtwächter ein
ich war vor Ihnen da Herr Mousse-au-chocolat
avanti avanti
und er geht durch die Tür
das große Portal geht hinter ihm zu und nun steht er
dem gegenüber den sie Stellvertreter des Höchsten nennen
weil er stellvertretend für alle auf der Stelle tritt
da sitzt er auf dem Stuhle Petri seit Jahrhunderten
petrifiziert und vor ihm knieen auf dem Teppich zwei
Dutzend fette alte Vetteln
der Heilige Vater redet lateinisch mit ihnen und spricht
sie als seine Schafe an
Petri heil denkt der Wächter das ist ja ein komischer Harem...
doch da stehen die fetten Vetteln auf
erheben sich unter allerlei Rufen...
Pesetas Bandera Pesetas
Pesetas Pesetas Franco
Leicht daneben getippt denkt der Wächter
er begreift daß er Kirchenmänner mit alten Vetteln
verwechselt hat und daß er's mit Kardinälen
Erzbischöfen Bischöfen und anderen Öfen zu tun hat...
mit merk- und hochwürdigen schlachtreifen Gottesdienern
von der Frente Popular[1] in den Kellern Oviedos

[1] die spanische Volksfront, gegen die sich der Aufstand der nationalistischen Generäle (ab 18. 7. 1936) richtete, der den spanischen Bürgerkrieg auslöste (bis 1. 4. 1939) (*Anm. d. Übers.*)

bei lebendigem Leibe geräuchert… und der Heilige Vater
lauscht gelassen den herzzerreißenden Klagen der armen
angekohlten Prälaten
Ach wenn du wüßtest Heiliger Vater
was diese Barbaren uns angetan haben
sie haben die Beine uns abgehackt
und uns dann an den Füßen aufgehängt
sie haben uns mit den Köpfen in kochendes Öl getaucht
sie haben uns abgestochen wie Ferkel
ach wenn du wüßtest Heiliger Vater
wie grauenvoll unser Tod war
mit schmutzigen rostigen Nägeln
haben sie uns an ungehobelte Balken gekreuzigt
doch Gott dessen Werke wohlgetan sind
hat uns alle wieder zum Leben erweckt
und auf ihrer Wolke aus bestem gehärteten Stahl
ist die Heilige Zange herbeigeeilt
sie hat uns die Nägel herausgezogen
und wir sind im Gebirge umhergeirrt
die heiligen Gefäße hatten wir mit
es wuchsen dort mancherlei wilde Früchte
die haben wir erst gezähmt und getauft
dann haben wir sie gegessen
und wir sind gerannt und marschiert
bis zu einem winzigen Dorf
dort wartete in seinem Automobil
schon Sankt Christopherus auf uns
ach wie schrecklich heiß es da war und wie durstig
auf dem Notsitz saß splitternackt
Sankt Sebastian und weinte
sie hatten ihn über und über mit Banderillas gespickt
die er nicht herausziehen konnte
denn die Heilige Zange war eingeschlafen…
unmöglich sie wach zu bekommen…
Sankt Sebastian wurde ungeduldig…
wir sind dann in Christophs Autodafé zu einem Arzt
gefahren…
doch die Türe war eingetreten… das ganze Haus verwüstet
und dann oh Heiliger Vater sah'n wir mit eigenen Augen
das blanke Grauen
so wie wir hier Euch vor uns sehen Heiliger Vater
so wie wir hier Euch vor uns sehen
wir sahen den Arzt und sein Eheweib
am Kronleuchter hängen
Entsetzliches sahen wir Heiliger Vater es war ein Greuel

auf den Fliesen der Küche
die zweiunddreißig Töchter des Arztes
aufgeschlitzt von den roten Milizen[1]
Entsetzliches sahen wir Heiliger Vater es war ein Greuel
einen seltsamen Mann der zähneklappernd danebenstand
er sah aus wie ein großes Küken
ein großes schluchzendes Küken
der Schutzengel war's von den aufgeschnittenen Mädchen
bei lebendigem Leibe gerupft von den roten Milizen
Entsetzliches sahen wir Heiliger Vater es war ein Greuel
den seligen Sankt Albumin in eine enge Flasche gestopft
und hoch droben am Gotteshaus
die Heilige Kamille auf die Spitze des Kirchturms gespießt
Entsetzliches sahen wir auch Entsetzliches Heiliger Vater...
aber plötzlich läutet es Mittag
man hört ein geräuschvolles Bumpern
es kommt aus den knurrenden Mägen der spanischen Prälaten
sie knurren denn zum Frühstück gab's nur geweihte Oblaten
Gesegnetes Mahl meine Lämmer
gesegnetes Mahl meine Schafe
erzählt mir beim Nachtisch wie's weiterging versetzt der
 Heilige Vater und die Delegation der seligen armen
 versohlten verkohlten wie durch ein Wunder geretteten
 seliggesprochenen und hungrigen Prälaten stürzt zu
 dem großen Saal in welchem das Mittagsmahl auf sie
 wartet
der Papst bleibt allein zurück das heißt er wähnt sich
 allein denn er sieht den im Schatten stehenden lächelnden
 Nachtwächter nicht und wie Leute die mit sich allein sind
 die Muße haben und die alles mögliche tun um die Zeit totzu-
 schlagen fängt der Häuptling der Christenheit an
 mechanisch an seinen Fingernägeln zu knabbern
und dann tritt er den faltigen Teppich glatt
und dann gähnt er
und dann schlägt er das rechte über das linke Bein und
 klopft mit der flachen Hand ans untere Ende des
 Knies um zu prüfen ob die Reflexe noch stimmen und
 danach reflektiert er
und nach reiflicher Reflexion stellt er fest daß es mit
 seinen Reflexen praktisch so gut wie gänzlich vorbei ist
mit einem Mal eine Stimme
eine Stimme aus weiter Ferne
eine trostlose Stimme

[1] die im spanischen Bürgerkrieg die Republik gegen die nationalistisch-faschistische Erhebung verteidigten (*Anm. d. Übers.*)

eine Knochenstimme
eine tote Stimme
die Stimme eines alten Bauchredners der vor Tausenden von
    Jahren krepiert ist
und der auf dem Grund seines Grabes weiter Bauchreden
    hält
Hallo hallo hier Radio Sevilla
Hallo hallo hier Radio Beinhaus
es ist General Queipo Mikro de Llano[1] der da aus dem
    Radio sabbert
Für jeden getöteten Nationalisten werde ich zehn Marxisten
    töten... und wenn nicht genügend zur Hand sind dann
    grab' ich die Toten aus und lasse sie exekutieren...
und diese entsetzliche Kariesstimme
diese ekelerregende Stimme... diese nekrologische religiöse
    soldateske lausige neo-maurische Stimme
diese kakapipitalistische Stimme
diese obszöne Stimme
diese hihidealistische Stimme
diese Stimme spricht für den Abschaum der ganzen Welt
und der Abschaum der ganzen Welt hört ihr zu
und er antwortet ihr mit lautem Gebrüll
da hört der Wächter den *wahren* Vatikanchoral
den schauerlichen Singsang der Priester
das Klirren der Bajonette
das Glöckchen des heiligen Sakraments
und wie die Verbandskästen klappern
das scheußliche Geschrei der Besitzenden
im Chor
mit dem Chor der Henker die Gerechtigkeit fordern
im Chor
mit dem Chor der Vollgefressenen die brüllen sie hätten
    Hunger
im Chor
mit den angeheuerten Killern die schreien Haltet den
    Mörder
im Chor
mit den Litaneien der Leute deren Leukozyten schwarz
    sind
im Chor
mit den alten Chorälen der alten Hirnaufweicher
im Chor

[1] Gonzalo Queipo de Llano (1875-1951), einer der Putsch-Generale im spanischen Bürgerkrieg. Wurde durch seine brutalen und ordinären Rundfunkansprachen, die er – oft alkoholisiert – während des Bürgerkriegs allabendlich hielt, in ganz Europa bekannt (*Anm. d. Übers.*).

mit den ekelhaften Choristen die die eklige finstere Oper
singen welche da heißt
Herz Jesu erbarme dich unser
doch da er die Leier schon kennt
hängt sie dem Papst zu den Ohren heraus und er stellt das
Radio ab
Stille
Stille gestört von einem kurzen taktvollen Räuspern
der Nachtwächter ist's er macht Hm... hm...
um sich bemerkbar zu machen
und der Heilige Vater ein wenig verwundert tut als höre und
sähe er nichts er vergräbt seinen Kopf in den Händen...
er sammelt sich zum Gebet und ein kleines Vater-unser-der-
du-bist-im-Himmel murmelnd spickt er durch seine gespreizten
Finger mit wem er's da wohl zu tun haben mag und da der
Fremde recht schäbige Kleider trägt ist der Heilige Vater
ein wenig besorgt und er fragt sich Wer ist dieser Mensch
was will er von mir wie ist er hereingekommen womöglich
ein verirrtes Schaf das heißt ein Anarchist ein
Schwarmgeist ein Trotzkist vielleicht ein Terrorist
auf der päpstlichen Hirnhaut tummeln sich Staunen Neugier
und Furcht und der Heilige Vater betet weiter
Dein Wille geschehe... vielleicht hat dieser linke Bischof
ihn mir auf den Hals geschickt um mir die Gurgel durchzu-
schneiden ein Schritt noch und ich zieh' an der Glocke
um die Carabinieri zu rufen... wie im Himmel also auch auf
Erden... dabei sieht er im Grunde gar nicht so schlimm aus...
vielleicht ist er ein Großmagnat aus der Bekleidungsbranche
der hier ist damit ich die Ehe seiner mißratenen Tochter
löse und der sich als Zerlumpter verkleidet damit ich's
ihm billiger mache... unser täglich Brot gib uns heute...
wenn du denkst du kannst mich aufs Kreuz legen Mann ich
lege *dich* aufs Kreuz... Pater noster der du bist
im Himmel... vielleicht ist er einer von meinen unehelichen
Söhnen... er wird Papa zu mir sagen und Kohle fordern...
da säß' ich ja schön in der Tinte... schade daß wir nicht
mehr in der Zeit der Borgia in der Zeit der Verliese und
kleinen Phiolen leben... führe uns nicht in Versuchung...
nun ich werde ihm ein paar Fragen stellen... sed libera
nos a malo amen...
Was für ein guter Wind trägt Sie zu mir mein Freund
Beten kann ich nicht ausstehen
sagt der Nachtwächter da
das macht so ein ekliges kleines Geräusch
ein ekliges kleines Staubgeräusch

es klingt wie wenn man Teppiche klopft
und ich darf Sie doch bitten Heiliger Vater wie man so sagt
sagen Sie nicht mein Freund zu mir
werden Sie nicht so plump vertraulich
ich bin nicht da um Ihren Ring zu küssen
behalten Sie ruhig Ihr Dings auf dem Kopf
ich nehm' ja auch nicht die Mütze ab
Sie fragen mich was für ein guter Wind mich zu Ihnen führt
nun ich bin zu Fuß gerannt und hatte Gegenwind
aber sagen Sie mal so ganz nebenbei was ist 'n das für ein komischer Hut den Sie da auf dem Schädel herumbalancieren
ich hab' auf Ihre Frage Antwort gegeben
jetzt antworten Sie auf meine
wo ist der Korb
Der Korb fragt der Heilige Vater zurück der nicht weiß was er tun was er sagen und was er denken soll
was für ein Korb
Wenn ein Konditor sagt da der Wächter
wenn ein Konditor in der Stadt eine mehrgeschossige Torte zu liefern hat... so einen Turm von Hochzeits- oder Geburtstagskuchen... dann tut er die Torte in einen Korb... er setzt sich den Korb auf den Kopf... er geht dahin wo er hin muß... kommt nachdem die Besorgung besorgt ist mit dem Korb am Arm zurück und die ihn vorbeigehen sehen die sagen
Seht mal da geht ein Konditor... denn ein Konditor das ist wer... einer der mit irgendetwas Ähnlichkeit hat
während du
du ähnelst keinem und gar nichts
wie 'n abgeschmackter öder alter Küchenbulle
wie 'n alter falscher Begräbniskonditor der aus wer weiß welchen Gründen das Brautkleid angezogen hat so trägst du ernst und würdig auf dem Kopf die aufgetürmte Torte und wagst nicht ihn zu bewegen den Kopf aus Furcht die Sahne lief' dir über Kropf und Kragen und du bleibst da regungslos sitzen aus Furcht das Kleid zu zerreißen aus Furcht
den andern die Person zu zeigen wie sie wirklich ist
den großen Konditor ohne Korb
den großen Mann der gar nichts kann aber alles beherrscht
den großen Mann so arm wie Job so reich wie Krösus und nützlich wie ein Splitter im Auge
den großen untadeligen unbestechlichen unverwundbaren unfehlbaren fehlfarbenen unversenkbaren und ehrenwerten und ver-

ehrten und bewunderswerten und bewunderten und ansehnlichen
und angesehenen und achtbaren und geachteten Mann
geachtet
das große Wort ist heraus
die Achtung
und der Nachtwächter bricht in ein schallendes Lachen aus
die Achtung
er biegt sich er hält sich den Bauch er prustet
er wiehert kringelt sich und hustet
und sein Lachen ist wie das Negerlachen der Neger wie das
irre Lachen der Irren wie das kindliche Lachen der
Kinder
der Kinder
es ist ein uriges Lachen
ein schüttelndes Lachen
ein echtes Lachanfall-Lachen ganz wie das närrische
Lachen des Frühlings
ihr wißt schon wenn der Frühling mit Volldampf heranbraust
mit ohrenbetäubendem Singen
der närrische Frühling
der angesäuselte Lenz
der ewige Stenz
der Frühling halt
er trägt hinterm Ohr eine große Blume die Sonne genannt
wird
in den Armen hat er
ein nagelneues quietschvergnügtes splitternacktes Mädchen
er läuft übers frisch gewachsene Gras
und das frisch gewachsene Gras erschaudert unter der
Liebkosung seiner Schritte
das Mädchen ist hübsch wie ein Traum
so hübsch
daß der Frühling selbst es nicht fassen kann
sie hat in der Hand einen neuen Vogel
es ist der Vogel der Jugend
der Vogel der perlend lacht
und da stößt der Papst einen langgezogenen Schmerzensschrei
aus und fällt aus seinen Pelzpantoffeln und
wälzt sich am Boden und kriegt einen Anfall und rappelt
sich brüllend wieder auf
er hat ein Stück Perle des perlenden Lachens ins Auge
bekommen
und immer noch brüllend rennt er um seinen Hochsitz herum
den heiligen Stuhl
und die Spottdrossel hinter ihm drein

der Vogel der lacht wie ein Kind
Komm laß ihn
sagt der Wächter zum Vogel
laß gut sein der Mann ist alt
schwirr ab… flieg weg…
der Vogel fliegt durchs Fenster davon
fliegt fort in die warmen Länder
und der Papst noch ganz außer Puste bleibt steh'n und
    rafft seine heiligen Geister zusammen
Ungeachtet der Achtung die ich Ihnen nicht schulde
    Heiliger Vater wie man so sagt Sie seh'n aus wie ein
    alter Reisender erster Klasse
Wieso denn das… fragt der vorhin so Eilige Vater
    erstaunt und verwirrt wobei er sich mit einem kurzen
    besorgten Blick nach allen Seiten vergewissert daß der
    Vogel wirklich das Weite gesucht hat
Wenn ein alter Reisender sagt der Wächter
wenn ein alter Reisender erster Klasse um Luft zu schnappen
    sein greises Haupt aus der Türe streckt und ein
    Körnchen Asche ins Auge bekommt…
doch der Papst fällt ihm unwirsch ins Wort
Ach rutschen Sie mir den Buckel 'runter
ich hab's nicht zu diesem Alter und dieser hohen Stellung
    gebracht um mir von einem dahergelaufenen kleinen
    Freigeist der schwarz in der Gegend herumreist
das Nervenkostüm zerfleddern zu lassen
Ich bin kein Freigeist sagt der Wächter
ich bin Atheist
Hä wie bitte fragt der Heilige Vater
und der Nachtwächter brüllt
er brüllt ihm direkt ins Ohr
He hallo Heiliger Vatr verstehen Sie mich
Atheist
A wie absoluter Atheist
T wie totaler Atheist
H wie hermetischer Atheist
E wie erstaunlicher Atheist
I wie inbrünstiger Atheist
S wie sturer Atheist
T wie… hatten wir schon
kein Freigeist
nein Atheist
das ist ein kleiner Unterschied
du aber pfeifst ja auf die kleinen Unterschiede
nun ja im Grunde was ich da sage…

ich bin gekommen um dich zu sprechen
ich hab' dich gesprochen das reicht mir...
und der Nachtwächter schickt sich zum Gehen an doch der Nachfolger von Sankt Wackelpeter Sankt Wackelpaul und Sankt Wackelkontakt legt ihm sanft die Hand auf die Schulter und blickt ihm mit so vollendet simulierter mitfühlender Traurigkeit in die Augen daß der Heilige Berufssimulator selbst vom Summen seiner Simulation überwältigt echte Tränen der Güte der Demut der Entsagung und des Jammers vergießt
und er seufzt
Staub ist alles nur Staub und zum Staube kehrt alles zurück
Halt den Mund sagt der Wächter
du redest ja wie ein Staubsauger Mann
da hört der Präsident des multinationalen Konzerns Fiat Voluntas Tua mit Philosophieren auf
und den Wächter mit Blicken durchbohrend
sein edles Greisenhaupt samt seinem prächtigen Kropfe schüttelnd
intoniert er mit tiefer Stimme die zehn Kommandos Gottes auch zehn Gebote genannt
Abteilung stillgestanden
rührt euch... nicht von der Stelle
stillgestanden
stillgestanden
Gewehr auf
rückwärts marsch und Friede auf Erde den Menschen die in guten Villen sind
Abteilung halt
hinlegen... kriecht zu Kreuze... wälzt euch im Dreck
buddelt euch ein...
kriechen sollt ihr
stillgestanden stillgestanden
auf alle die den Kopf zu heben wagen
Feuer frei
doch plötzlich unterbricht der Heilige Vater sein wildes martialisches Fuchteln
denn vor sich sieht er
den Wächter als Heiligen Vater verkleidet
und dies ganz ohne Zweifel um ihn zu veräppeln
der als Fels Petri vermummte Wächter trägt auf dem Kopf die Tiara wie er und fuchtelt wie er in der Luft herum
vor Wut kreideweiß
vor Scham puterrot
und grün vor Span

stürzt der Papst sich auf seinen Feind
avanti avanti
und plötzlich schießt ihm das Blut aus dem Rüssel…
von dem Spiegel in welchem der Papst auf sein päpstliches
Spiegelgebilde geprallt ist
rinnt ein kleiner Blutfleck herab
ein kleiner farb- und geruch- und geschmackloser Blutfleck
das Trugbild von einem Blutfleck
was den Nachtwächter angeht
der ist längst über alle Berge
aber ja
seit gut einer Viertelstunde schon…
ein gutes Viertelstündchen ist er fort
den Papst mit seinem großen faulen Zauber
seiner großen rauschenden Orgel und seinen kleinen
täglichen Sorgen sich selbst überlassend
der Papst allein im großen Saale seines Vatikans
so allein
wie ein Zahnstocher
auf einem leergegessenen Teller
draußen ist's dunkel geworden
und der Nachtwächter läuft durch die Straßen
im Dunkeln
es fällt ein feiner Nieselregen
die Laterne ist angezündet
jemand läuft hinter ihm her
er dreht sich um und sieht im Licht
eine streunende Katze
und der Wächter bleibt stehen
der Dachhase auch
Du solltest vielleicht mal da drüben hingeh'n sagt die
Katze
da liegt ein verletzter Vogel
könnt' ja sein daß du Tierarzt bist
man kann nie wissen
er muß von weither kommen der Vogel
seine Flügel sind nämlich ganz voller Staub
er flog so dahin
und blutete
und dann ist er ganz plötzlich heruntergefallen
plumps wie ein Stein
ich hab' mich draufgestürzt um ihn zu fressen
doch da fing er zu singen an
und sein Lied war so schön
daß ich aufs Abendbrot verzichtet habe

Ich glaube den kenne ich sagt der Wächter
und er geht mit der streunenden Katze fort
durch den Regen
sie kommen zu einem kleinen Platz
Hier ist es sagt die Katze
Hier also sagt der Wächter
das hab' ich mir gedacht
er bückt sich und hebt den Vogel auf
Ich glaub' den hat's übel erwischt sagt die Katze
sein linker Flügel ist abgerissen
der macht's nicht mehr lange
Halt's Maul sagt der Wächter
die Katze versteht daß sie still sein soll
sie ist still
in der Hand des Wächters beginnt der Vogel der Jugend im Fieber zu reden
Ach wär' das blöd' wenn ich sterben müßte
ich hab' so schöne... so schreckliche... und so lebendige Dinge gesehen
und auch so komische
so erstaunliche Dinge
ach wär' das blöd wenn ich sterben müßte
ich hab' eine Menge Sachen zu sagen
und außerdem habe ich Lust zu lachen... hab' Lust zu singen...
Sei still sagt der Wächter sei still wenn du wieder gesund werden willst
Aber wenn ich dir sage daß ich Sachen gesehen habe...
und der Vogel wälzt sich in der Hand des Wächters
wie ein Kranker in seinem Bett
die Katze runzelt besorgt die Stirn
doch der Vogel erzählt
Ich flog sehr schnell so schnell
und ich sah ich sah...
über den Balearischen Inseln hab' ich den Sommer geseh'n wie er fortging
und am Ufer des Meeres
Katalonien wo es brodelte und Lebendige überall... Jungen und Mädchen die sich zum Sterben anschickten und lachten...
ich habe
den ersten Schnee auf Madrid gesehen
den ersten Schnee auf einer Kulisse aus Ruß und Asche und Blut
und ich hab' auch das Mädchen wiedergeseh'n das so schön war

das hübsche Mädchen des Frühlings
sie stand inmitten der Winterkälte
in der Hand eine Dynamitpatrone
ihre Leinenschuhe zogen Wasser
die Sonne die sie hinter dem Ohr trug
war feuerrot
es war die Blume des Bürgerkriegs
lebendig wie ein Lächeln
die rote Blume der Freiheit
vorsichtig flog ich um das Mädchen herum
unter der linken Brust schlug ihr Herz
und alle hörten es schlagen
das Herz der Revolution
dies Herz das nichts in der Welt am Schlagen zu hindern
    vermag
das nichts und niemand daran hindern kann jene zu schlagen
    die es hindern wollen zu schlagen.. um sich zu schlagen…
zu schlagen… zu schlagen…
Reg dich nicht auf sagt der Wächter
du hast Fieber
du blutest
dein Flügel ist abgerissen
versuch zu schlafen… laß mich nur machen…
ich krieg' dich schon wieder hin
und der Wächter geht weg auf dem Kopf seine Mütze
in der hohlen Hand den verletzten Vogel
die streunende Katze trägt die Laterne
und zeigt den beiden den Weg.

1936

Begebenheiten

Am Himmel fliegt eine Schwalbe
sie fliegt zu ihrem Nest
zu ihrem Nest in dem die Jungen sind
sie bringt ihnen einen Sonnenschirm
und Regenwürmer und Löwenzahn
allerlei Kram um den Kinderchen Spaß zu machen
in dem Haus an welchem das Nest klebt
krepiert ein junger Kranker still in seinem Bett
in seinem Bett
auf dem Bürgersteig vor der Tür
schwankt ein besoffener Kerl und redet dummes Zeug
hinter der Türe knutscht ein Junge ein Mädchen ab
ein Stückchen weiter am Ende der Straße
sieht sich ein Schwuler nach einem anderen Schwulen um
und winkt zum Abschied zu ihm hinüber
einer der beiden weint
der andere tut nur so
er hat ein Köfferchen bei sich
er biegt um die Straßenecke
und lächelt sobald er allein ist
die Schwalbe fliegt wieder hinauf in den Himmel
und der Schwule sieht sie
Sieh an eine Schwalbe…
und er geht seines Wegs
der junge Kranke stirbt in seinem Bett
die Schwalbe fliegt am Fenster vorbei
guckt durch die Scheibe ins Zimmer
Sieh an ein Toter…
sie fliegt ein Stockwerk höher hinauf
und sieht durchs Fensterglas
einen Mörder den Kopf in den Händen vergraben
das zusammengesunkene Opfer
hat er in eine Ecke geschoben
Noch 'n Toter sagt die Schwalbe…
der Mörder den Kopf in den Händen vergraben
fragt sich wie er mit dieser Geschichte wohl fertig wird
er steht auf und nimmt eine Zigarette
und setzt sich wieder hin
die Schwalbe sieht ihn
sie trägt ein Zündholz im Schnabel
sie klopft mit dem Schnabel gegen die Scheibe

der Mörder öffnet das Fenster
und nimmt sich das Zündholz
Danke dir Schwalbe...
und er zündet die Zigarette an
Gern geschehen sagt die Schwalbe
das ist doch das allerwenigste
und pfeilschnell fliegt sie davon...
der Mörder macht das Fenster wieder zu
setzt sich auf einen Stuhl und raucht
das Opfer richtet sich auf und sagt
Tot sein ist blöde
man ist ganz kalt
Rauch dann wird dir schon wärmer werden
der Mörder gibt ihm die Zigarette
und das Opfer sagt Ach ich bitte Sie
Das ist doch das wenigste sagt der Mörder
das bin ich Ihnen wohl schuldig
er nimmt seinen Hut er setzt ihn auf
und dann verläßt er das Zimmer
er geht die Straße entlang
plötzlich bleibt er stehen
er denkt an eine Frau zurück die er einmal sehr gern
gehabt hat
Ihretwegen hat er getötet
diese Frau er liebt sie nicht mehr
doch er hat sich niemals getraut es ihr zu sagen
er will ihr nicht weh tun
hin und wieder bringt er jemanden für sie um
das macht ihr so großen Spaß
dieser Frau
was ihn angeht er würde lieber sterben als ihr ein Leid
anzutun
ihm macht es nichts aus zu leiden dem Mörder
doch wenn andere leiden
dann wird er verrückt
bescheuert
meschugge
dann ist er ganz aus dem Häuschen
er tut irgendwas irgendwo irgendwann
und hinterher verduftet er dann
jeder tut halt was er kann
der eine tötet
andere beißen ins Gras
irgendwie muß ja jeder leben
Na wenn du das leben nennst

der Mörder hat ganz laut gesprochen
und der Kerl der ihn anspricht
sitzt auf dem Bürgersteig
er ist arbeitslos
er hockt da von morgens bis abends herum
und wartet daß sich was ändert
Weißt du was ich getan hab' fragt ihn der Mörder
der andere schüttelt den Kopf
Ich hab' einen umgebracht
Jeder muß 'mal dran glauben
erwidert der Arbeitslose
und plötzlich stößt er hervor
Wissen Sie irgendwas Neues?
Was Neues worüber?
Was Neues über die Welt .
was Neues über die Welt… es scheint sie wird sich bald
    ändern
das Leben wird wunderschön
jeden Tag wird's zu essen geben
und viel viel Sonnenschein
jeder Mensch wird seine volle natürliche Größe haben
und keiner wird mehr zusammengestaucht
doch da kommt schon wieder die Schwalbe daher
der Mörder geht weiter
der Arbeitslose bleibt zurück
und schweigt
er lauscht den Geräuschen
hört Schritte
und zählt sie
um irgendwie die Zeit totzuschlagen
1 2 3 4 5
usw. usw.
bis hundert… mehrere Male…
es ist ein Mann der auf- und abgeht
drüben im Erdgeschoß
in einem Zimmer voller Papierkram
er hat ein gelehrtes Denkerhaupt
eine Hornbrille auf der Nase
ein geleertes angepaßt denkendes Schilfrohrhaupt
denn der Mensch ist ein Schilfrohr das denkt
er geht auf und ab und er sucht
er geht auf und ab und er sinnt und spinnt
er sucht was wodurch er wer wird
und klopft man an seine Türe dann sagt er
Ich bin nicht ganz da

er sucht und sinnt und spinnt gespannt
er sucht was wodurch er wer wird
und klopfte auch die ganze Welt an seine Tür
und wälzte sich die ganze Welt auf seiner Matte
und ächzte
und weinte
und flehte
bäte um etwas zu trinken
zu trinken oder zu essen
er würde nicht öffnen
er sucht
er sucht die berühmte Maschine zum Wiegen der Waagen
und wenn er sie schließlich gefunden hat
die berühmte Maschine zum Wiegen der Waagen
dann ist er endlich der berühmteste Mann seines Landes
der König des Eichamts
des Eichamts von Frankreich
und innerlich bricht er in Jubel aus
hoch lebe Papa
hoch lebe ich selbst
hoch lebe das Vaterland
plötzlich stößt er sich am Fuß des Betts den Zehennagel
ein Bettfuß ist hart
härter als ein Geniefuß
und da wälzt sich das denkende Schilfrohr auf dem
Teppich herum
und hält sich den armen schmerzenden Fuß
draußen schüttelt der Arbeitslose den Kopf
den armen vor Schlaflosigkeit ganz wackligen Kopf
nicht weit von ihm hält ein Taxi
Menschen klettern heraus sie sind in Trauer
in Tränen und wie aus dem Ei gepellt
einer von ihnen bezahlt den Chauffeur
der Chauffeur fährt weiter
mit seinem Taxi
ein anderer Mensch winkt ihn zu sich heran er nennt eine
Anschrift und steigt ein
das Taxi fährt weiter Rue de Châteaudun 25
der Chauffeur hat die Anschrift im Kopf
er behält sie gerade so lange wie's nötig ist
aber trotzdem was für ein komischer Job…
wenn er Fieber hat
wenn er blau ist wenn er des Abends im Bett liegt
dann stürmen in aberwitzigem Tempo tausend und aber-
tausend Adressen auf ihn ein

und prügeln sich in seinem Gedächtnis
er hat einen Kopf wie ein Fernsprechverzeichnis
wie ein Stadtplan
er nimmt dann diesen Kopf in beide Hände
mit derselben Gebärde wie der Mörder
und leise wimmert er vor sich hin
Rue de Vaugirard 222
Rue de Ménilmontant 33
Grand Palais
Bahnhof Saint-Lazare
Straße der Letzten Mohikaner
ein Wahnwitz was der Mensch erfindet
um Menschen kaputtzumachen
und da dies alles ganz ruhig geschieht
glaubt der Mensch er lebt und in Wirklichkeit ist er
doch fast schon tot
und sehr lange schon
geht er hin und her und auf und ab
inmitten trister Kulissen
familienlebenfarbener
neujahrstagsfarbener Kulissen
mit dem Bild von Großmama
von Großpapa und Onkel Ferdinand
der so scheußlich aus den Ohren stank
und nur noch einen Zahn besaß
der Mensch läuft über einen Friedhof
und führt an der Leine seine Langeweile spazieren
er wagt nichts zu sagen
er wagt nichts zu tun
er kann kaum erwarten daß Schluß damit ist
kommt dann der Krieg
so ist er weichgeklopft genug
sich ins Getümmel schicken zu lassen
und das wehrlose Opfer zu sein
sind Angst und Schrecken erst vorüber
stößt er ein Gottlob hervor und sagt Ich danke euch
jetzt hab' ich's hinter mir
. . . .
so rollt der Ermordete sich zusammen
und hält mucksmäuschenstill
in seinem Blute schwimmend
und es macht Spaß
diese Leiche zu sehen so ordentlich in die Ecke geschoben
in der kleinen adretten Wohnung
ist es totenstill

Man meint man wär' in der Kirche sagt eine Fliege die
in das Zimmer fliegt
es ist ergreifend
und alle Fliegen lassen gemeinsam ein gottesfürchtiges
Summen ertönen
dann fliegen sie zu der Lache
dem großen Blutfleck am Boden
doch die Dienstälteste von den Fliegen sagt zu den
anderen Fliegen
Moment 'mal Kinder
danken wir erst dem lieben Gott für diesen improvisierten
Schmaus
und ohne einen schiefen Ton stimmen die Fliegen das
Tischgebet an
die Schwalbe fliegt an der Szene vorbei und runzelt die
Stirn
sie kann diese Mätzchen nicht ausstehen
die Fliegen sind gottesfürchtig
die Schwalbe ist Atheistin
sie ist lebendig
sie ist schön
sie fliegt sehr schnell
es gibt einen lieben Gott für die Fliegen
einen lieben Gott für die Motten
für die Schwalben gibt's keinen lieben Gott
sie brauchen ihn nicht…
die Schwalbe fliegt ihres Wegs und sieht
durch das Glas eines anderen Fensters
rings um den jungen Toten die ganze Familie sitzen
sie ist im Taxi gekommen
in Tränen in Trauer und wie aus dem Ei gepellt
sie hält die Totenwache
sie bleibt bei der Leiche
bliebe sie nicht
dann würde der Tote womöglich verduften
oder es käme vielleicht eine and're Familie daher
und nähme ihn mit
wer einen Toten hat der hängt an ihm
und hat man keinen hätt' man gerne einen
Die Leute sind ja so miese
stimmt's nicht Tante Elise
Oh ja das kann man wohl sagen
ihnen platzt vor Neid fast der Kragen
sie nähmen uns glatt uns'ren Toten weg
uns'ren eigenen Toten

und weinten an unserer Stelle
das wäre taktlos auf alle Fälle
also laßt eure Pfoten von unserem Toten
und jeder sieht in der Spiegelkommode
seinen Tränenfluß zum Familientode…
ein Arbeitsloser der auf dem Bürgersteig sitzt
ein Taxi auf einem Boulevard
ein Toter
noch ein Toter
ein Mörder
eine Gießkanne
eine Schwalbe die hin- und herfliegt
am himmelfarbenen Himmel
birst endlich eine dicke Wolke
es hagelt…
Hagelkörner so dick wie Fäuste
man atmet auf
Gottlob
man darf sich nicht hängen lassen
man muß die Zähne zeigen
essen
die Fliegen schlecken
die Schwalbenjungen fressen Löwenzahn
die Familie Mortadella
der Mörder ein Bündel Radieschen
der Taxichauffeur in der Kneipe der Taxichauffeure
an der Rue de Tolbiac
ißt ein Pferdeschnitzel
alle essen außer den Toten
alle essen
die Schwulen… die Schwalben…
die Tapire… die Offiziere…
alle essen
außer dem Arbeitslosen
dem Arbeitslosen der nichts ißt denn er hat nichts zu
essen
er sitzt auf dem Bürgersteig
er ist sehr müde geworden
seit er drauf wartet daß sich was ändert
allmählich hat er die Nase voll
auf einmal steht er auf
auf einmal geht er fort
um die andern zu suchen
die andern
die andern die nichts essen denn sie haben nichts zu essen

die andern die so müde sind
die andern die auf dem Bürgersteig sitzen
und warten
die warten daß sich was ändert und die allmählich die
    Nase voll davon haben den Bauch aber leer
und die weggehen um die andern zu suchen
all die andern
all die andern die so müde sind
so müde vom Warten
so müde…
Guckt mal sagt die Schwalbe zu ihren Jungen
sie sind zu Tausenden
und die Jungen strecken den Kopf aus dem Nest
und sehen die Männer vorbeimarschieren
Wenn sie so fest zusammenbleiben
dann werden sie essen
sagt die Schwalbe
doch wenn sie sich trennen dann werden sie vor die Hunde
    gehen
Bleibt zusammen ihr armen Männer
bleibt geschlossen
rufen die Jungen der Schwalbe
bleibt zusammen ihr armen Männer
bleibt geschlossen
rufen die Jungen
ein paar von den Männern hören sie
grüßen mit geballter Faust
und lächeln.

1937

Pater Noster

Vater unser der du bist im Himmel
Bleib wo du bist
Und *wir* bleiben schön auf der Erde
Die bisweilen so hübsch ist
Mit ihren Geheimnissen von New York
Und mit den Geheimnissen von Paris
Die bestimmt genauso viel wert sind wie das der Dreifaltigkeit
Mit ihrem kleinen Canal de l'Ourcq
Ihrer großen Chinesischen Mauer
Ihrem Fluß von Morlaix
Ihren Bonbons aus Cambrai
Mit ihrem Pazifischen Ozean
Und ihren beiden Bassins im Tuilerien-Park
Mit ihren braven Kindern und ihren Taugenichtsen
Mit allen Wundern der Welt
Die ganz einfach da sind
Auf dieser Erde
Weithin verstreut
Für jeden greifbar
Selber verwundert solche Wunder zu sein
Und zu schüchtern um es sich einzugestehen
Wie ein hübsches nacktes Mädchen das nicht wagt sich zu zeigen
Auf der Erde mit den entsetzlichen Leiden der Welt
Die Legion sind
Mit ihren Legionären
Ihren Folterknechtheeren
Mit den Herrn dieser Welt
Den Herrn mit ihren Pastoren Zensoren und Exekutoren
Mit den Jahreszeiten
Mit den Jahren
Mit den hübschen Mädchen und den alten Kackern
Mit dem Stroh des Elends das verfault im Stahl der Kanonen.

Das Existenzmaximum

Eines schönen Tages
werden die Menschen in den Fabriken sich nach Lust und
    Laune satt essen können
Und gut wird es schmecken was sie essen
sehr gut sogar
nicht gut im Sinne von gutsituiert von Gutdünken oder
    Gutsherr
auch nicht gut wie ein Guthaben oder ein Gutschein
sondern einfach gut
wie gutes Brot
Eines schönen Tages
werden die Menschen in den Fabriken nach Herzenslust
    ausschlafen können
und sie werden schöne Träume haben
schöne Liebesnächte
und weiße Laken
und große Leierkästen
die auf der Stelle funktionieren
und jeden Tag die schönsten Weisen spielen werden
die schönsten
und
die schwersten der Welt
Denn eines Tages
werden die Menschen in den Fabriken
endlich die Musik erleben.

Sancta Senilitas[1]

Philippika 1942

Er hat seine ganze Person dem Großvaterland geschenkt
und er hat nicht gezögert und den Bütteln von der Cité[2]
Kinder verkauft die zu ausweglosem Dunkel verdammt sind

Und im Vel d'Hiv[3] einst Radrennbahn und jetzt KZ
läuft das Sechstagerennen der Leiden
mit den Todesschrittmachern an der Spitze

Und er entfacht am Sternenplatz am Platz des Gelben Sterns
von neuem eine leichenblasse blauweißrote Flamme.

[1] Der Text zielt auf Marschall Pétain. Am 16./17. Juli 1942 trieben die Polizei des Vichy-Regimes und die faschistische Miliz fast 13.000 Juden, darunter viele Kinder, in der Pariser Radrennbahn zum Abtransport nach Auschwitz zusammen *(Anm. d. Übers.)*.

[2] Auf der Ile-de-la-Cité befindet sich die Pariser Polizeipräfektur *(Anm. d. Übers.)*

[3] Vélodrome d'Hiver, früher überdachte Radrennbahn in Paris (*Anm. d. Übers.*)

Moderne

Die Welt stellt sich aus stellt sich dar stellt sich bloß
Weltausstellung
Die Galerie der Höllen- und Himmelsmaschinen
Ist eröffnet
Und Sergeanten aus dem „Heil!"-Bad Vichy
Aus dem Radikalkurort Lourdes
Und aus sämtlichen anderen Städten
Und aus sämtlichen anderen Ländern
Regeln den regen Geschäftsverkehr
Und alles steht Schlange
Denn im Pavillon der eisenverarbeitenden Industrie
Wird eine noch nie gesehene Attraktion präsentiert
Die Freiheit in einem Wald von Gummiknüppeln verirrt.

Wie man einen Vogel malt

für Elsa Henriquez

Man male zunächst einen Käfig
mit einer offenen Tür
dann male man
etwas Hübsches
etwas Einfaches
etwas Schönes
etwas Nützliches
für den Vogel
danach lehne man die Leinwand an einen Baum
in einem Garten
oder im Wald
man verstecke sich hinter dem Baum
ohne etwas zu sagen
ohne sich zu rühren
Manchmal kommt der Vogel schnell
doch ebenso kann es viele viele Jahre dauern
bevor er sich entschließt
Man lasse den Mut nicht sinken
man warte
warte wenn's sein muß jahrelang
denn die Zeit die der Vogel sich läßt bis er kommt
steht in keiner Beziehung
zum Gelingen des Bildes
Wenn der Vogel dann kommt
falls er wirklich kommt
äußerste Stille bewahren
warten bis der Vogel in den Käfig hineinschlüpft
und wenn er darin ist
schließe man sanft mit dem Pinsel die Tür
dann
tilge man nacheinander sämtliche Gitterstäbe
wobei darauf zu achten ist daß man keine Feder des
Vogels berührt
Anschließend male man den Baum
und wähle den schönsten Ast
für den Vogel
man male ferner das grüne Laub und die Kühle des Windes
den Sonnenstaub
und das Geräusch der Tiere im Grase unter der Glut
des Sommers
und dann warte man bis sich der Vogel zum Singen
entschließt

Singt der Vogel nicht
so ist das ein schlechtes Zeichen
ein Zeichen daß Ihr Bild mißlungen ist
singt er jedoch so ist das ein gutes Zeichen
ein Zeichen daß Sie signieren können
In diesem Falle zupfen Sie ihm eine Feder aus
doch ohne ihn zu verletzen
um damit Ihren Namen in eine Ecke des Bildes zu setzen.

Der gerade Weg

An jedem Kilometerstein
weisen jahraus jahrein
Greise mit enger Stirn
den Kindern den rechten Weg
mit einer Gebärde aus Stahlbeton.

Ihr werdet euch wundern

Ein nacktes Mädchen schwimmt im Meer
Ein bärtiger Mann geht über das Wasser
Was ist nun staunenswerter das erste oder das zweite
Spektakel
Worin liegt nun das eingangs erwähnte Mirakel?

Die Friedensrede

Gegen Schluß einer überaus wichtigen Rede
gleitet der große Staatsmann auf einer glatten hohlen Phrase aus
fällt mitten hinein
und hilflos den Mund sperrangelweit offen
japsend
bleckt er die Zähne
und die Karies seiner friedliebenden Darlegungen
legt den Nerv des Krieges frei
die heikle Frage des Goldes.

Das Abendmahl

Sie sitzen am Tisch
Doch sie essen nicht
Der Appetit ist ihnen vergangen
Und ihre Teller steh'n vertikal
Hinter ihren Köpfen.

Der Kampf mit dem Engel

Für J.-B. Brunius

Tritt nicht an
es ist ein abgekartetes Spiel
der Kampf ist schon vorher entschieden
und wenn er auf einmal im Ring erscheint
inmitten eines Blitzlichtgewitters
stimmen aus vollem Hals das Te Deum sie an
und noch eh' du von deinem Schemel aufstehst
läuten sie feierlich dir die Glocken
schmeißen dir den heiligen Schwamm ins Gesicht
und du hast keine Zeit ihm die Federn zu rupfen
sie stürzen sich auf dich
und er verpaßt dir eins unter die Gürtellinie
die Arme blöde zum Kreuz ausbreitend
sinkst du ins Sägemehl
und wirst nie mehr mit einem Mädchen schlafen.

Hochzeiten und Festbankette

Für William Blake

Im Trümmerschutt einer Kathedrale
Heult wie ein Schloßhund ein Fleischer
Über den Tod eines Vogels
Und auf den rissigen Fliesen liegend
Läßt eine abgestürzte gesprungene Glocke
Ihren rostigen Klöppel hervorschau'n
Sieht aus wie ein fetter ferkliger Pfaffe
Dem der Wind die Soutane hochweht
Und in der verfallenen Sakristei
Veranstalten drei oder vier mit Mützen bekleidete
Komische Typen eine Kollekte
Aus Anlaß der Hochzeit von Himmel und Hölle[1]
Das alles geschieht in Engelland
Auch zu Ehren der Französischen Revolution
Und sogar des Todes von Louis Seize[2]
Der Ehrenjüngling heißt William Blake
Er ist splitternackt und sehr korrekt
Doch den Hut behält er auf seinem Kopf
Weil in diesem der Heilige Geist steckt
Das heißt der Heilige Widerspruchsgeist
Fragt man ihn Geist bist du da
Sagt dieser Vogel stets milde lächelnd
Nein
Nach der Hochzeit wird William Blake ihn dem Fleischer
schenken
Der seinen dahingegangenen Papagei vergessen
Und heimgehen wird um wieder Tiere zu töten
Mit einem dicken Hammer aus Holz
Auf 'nen Vogel mehr oder minder kommt's uns nicht an
Denkt William Blake
Und er denkt dabei an ganz andere Dinge
Das heißt an nichts weiter als
Ein hinreißend schönes Mädchen anzusehen das wer weiß
wer zur Hochzeit geladen hat
Und das dort herumsteht sehr schön und so nackt wie er
Eine Schönheit
Denkt William eine Schönheit die vor Gelassenheit strahlt
Rein wie der Rotwein
Und unschuldig wie der Frühling selbst

[1] Anspielung auf ein Werk von William Blake (1757-1827), *The Marriage of Heaven and Hell* (*Anm. d. Übers.*)
[2] Ludwig XVI. (*Anm. d. Übers.*)

Und er schaut sie an weil er Lust auf sie hat
Auch sie schaut ihn an weil auch sie vielleicht Lust
auf ihn hat
Da taucht mit seinem kleinen Kasten
Ein großer Drehorgelenterich auf
Und spielt eine zeitlose Weise von überall und nirgendwo
Und die Hochzeit beginnt
Die Hochzeit im wahrsten Sinne
Wie William ergänzt
Denn es gibt ja Dinge die weder Sinn
Noch Wahrheit besitzen
Meinen Sie etwa die Messe damit
Fragt ein Greis mit dem Kopf eines Bischofs oder
Propheten
Der sehr verärgert aussieht
Aber William Blake ist ein Gentleman
Wie die Engländer sagen ein netter Mensch
Und er hat nicht im mindesten Lust mit einem Bischof
zu streiten
Am Tag der Vermählung von Himmel und Hölle
Und vielleicht gar wer weiß zur gleichen Zeit auch
Am Tag seiner eigenen Hochzeit
Wo doch das hübsche Mädchen so schön ist
Und er sie zweifellos liebt
Und sie ihn womöglich auch
Drum begnügt er sich mit folgender Antwort
An den Mann mit dem Propheten- oder Bischofs- oder
Sicherheitsnadelkopf

„So wie sich die Raupe die schönsten Blätter aussucht, um Ihre Eier darauf zu legen, belegt der Priester mit seinem Bannfluch uns're schönsten Wonnen"

Jetzt aber vorwärts Musik
Von der Messe woll'n wir ein andermal reden
Und kaum daß er gesagt hat Vorwärts Musik
Tritt die Musik auch tatsächlich vor
Und dahinter das hinreißend schöne Mädchen
Das William Blake ein Lächeln schenkt
Denn er hat auch einmal gesagt

„Mit den Steinen des Gesetzes hat man die Kerker gebaut und mit den Ziegeln der Religion die Bordelle"

Und sie reicht ihm den Arm
Und alles andere mit dazu

Und wer sich darüber freut wie ein Kind
Ist William
William Blake.

Noch einmal auf dem Fluß

Noch einmal hat auf dem Fluß
der Schleppkahn der Morgenröte
seinen Schrei ausgestoßen

Und noch einmal
geht die Sonne auf
der freie unstete Wandergesell
der gern am Ufer der Flüsse schläft
auf dem Stein
und unter den Brücken
Und als die Nacht mit dem lieblichen Mondgesicht
verstohlen
sich fortzustehlen versucht
schiebt der prachtvolle Clochard mit dem triumphalen
Erwachen
der lüsterne gutmütige lächelnde Sonnengott
seine große warme Hand ins Dekolleté der Nacht
und reißt ihr mit einem Ruck ihr schönes Abendkleid
vom Leib
Da erlischt in den Straßenlaternen
den kümmerlichen Gestirnen der armen streunenden Hunde
plötzlich das Licht
Und noch einmal wird die Nacht vergewaltigt
auch die Sternschnuppen die auf den Bürgersteig prasseln
erlöschen
und aus den Fetzen der blutgetränkten schwarzen
Atlasseide
kriecht das Morgengrauen hervor
das totgeborene fiebrige fahle Morgengrauen
das wie von Sinnen
mit seinem kleinen Gespensterleib
der sich in seinem grauen Leichentuch verfangen hat
den Mutterkuchen der Nacht durchstreift
Doch da kommt sein großer Bruder
der Hellichte Tag
und schmeißt ihn in die Seine
Was für eine Familie

Und obendrein dieser Rabenvater
der gefühllose Sonnenpapa

der
ohne sich im geringsten
um das Ungemach seiner Kinder zu kümmern
selbstgefällig sein Spiegelbild
im Fensterglas der oberirdischen Métro betrachtet
die den Pont d'Austerlitz überquert
wie jeden Morgen
wobei sie annähernd
dieselbe Zahl von menschlichen Wesen
vom rechten Ufer aufs linke Ufer
und vom linken Ufer aufs rechte Ufer
der Seine transportiert
Er hat ja so viele Dinge zu tun der Sonnenvater
und manche von diesen Dingen
bereiten ihm großen Kummer
zum Beispiel
die Löwin aus dem Botanischen Garten zu wecken
was für ein mieses Geschäft
und wie verzweifelt und schön er ist
wie herzzerreißend
und unvergeßlich
ihr Blick wenn sie
aufwacht
und wie jeden Morgen
die furchtbaren Gitterstäbe der furchtbaren menschlichen
    Dummheit entdeckt
diese Gitterstäbe des Käfigs den sie im Schlaf vergessen
    hat
Und der Sonnengott überquert von neuem die Seine
auf einer Brücke von der hier nicht weiter die Rede
    sein soll
wegen eines unverschämten Standbilds der heiligen
    Genoveva
das Paris überwacht
Und der Planet macht einen Spaziergang über die
    Ile-Saint-Louis
und er hat viel Schönes und Zärtliches
über sie zu sagen
doch das sind Heimlichkeiten zwischen der Insel und ihm
Und da ist er im vierten Arrondissement
das ist eine Gegend die er sehr gern hat
ein Viertel das ihm am Herzen liegt
und wie traurig er war der Chef des Sonnensystems
als der gelbe Stern der grausamen menschlichen Idiotie
seinen anscheinend menschlichen Schatten

auf die schönste Rose der Rue des Rosiers[1] warf
Sie hieß Sarah
oder Rahel
und ihr Vater war Mützenmacher
oder Kürschner
und er aß gern gesalzenen Hering
Und man weiß nur von ihr
daß der König von Sizilien sie liebte
Wenn er auf seinen Fingern pfiff
ging dort wo sie wohnte das Fenster auf
doch nie mehr wird sie das Fenster öffnen
die Türe eines verplombten Waggons
ist für immer hinter ihr zugeschnappt
Und vergebens versucht der Sonnenplanet
dies alles zu vergessen
er setzt seine Wanderung fort
und es zieht ihn wieder zur Seine
Doch er bleibt noch ein Weilchen in der Rue de Jouy
um ein bißchen zu scheinen
dicht bei der Rue François-Miron
dort gibt es einen schäbigen Laden
für abgelegte Kleider
und außerdem ein Frisörgeschäft und ein algerisches
Restaurant
und auf der anderen Seite der Straße
Ruinen Bauschutt und Trümmer
Und der Frisör steht in der Ladentür
und schaut bestürzt
auf diese wüste Szenerie
und er wirft einen verzweifelten Blick
zur Rue Geoffroy-l'Asnier hinüber
die jetzt im Sonnenlicht erscheint
ganz heil und neu
mit ihren Häusern aus verflossenen Jahrhunderten
denn der Sonnengott
verstand sich vor Jahrhunderten
sehr gut mit Geoffroy-l'Asnier
Du bist ein Freund sagte er zu ihm
und ich lasse dich niemals im Stich
Und deshalb
wandert der glückliche sonnendurchflutete Schatten
der Schatten Geoffroy-l'Asniers

[1] Liegt im ehemaligen Pariser Judenviertel. Ebenso die Rue du Roi de Sicile (Straße des Königs von Sizilien), die Rue de Jouy, die Rue François-Miron, die Rue Geoffroy-l'Asnier (nach Gottfried dem Eselstreiber benannt) (*Anm. d. Übers.*).

der die Sonne liebte und den umgekehrt auch die Sonne liebte
tagtäglich
sei es im Winter oder im Sommer
durch die Rue du Grenier-sur-l'Eau
und die Rue des Barres
bis zur Seine
und dort fressen die Schatten seiner zärtlichen Tiere
die süßen Disteln des Jenseits
und trinken das stille Wasser
der glücklichen Erinnerung
während über ihnen
aufs Geländer des Pont Louis-Philippe[1] gelehnt
der absurde prächtige Lumpenmann
König der Brücken und Krücken genannt
ins Wasser hinabspuckt um kreisrunde Wellen zu machen
Gebannt vom monotonen Glanz
des fließenden Wassers
des lebendigen Wassers
spuckt er unaufhörlich weiter
ohne auf das Getuschel der Leute zu achten
bis ihm schließlich die Spucke ausgeht
So gibt er zum Angedenken
an seine alte Freundin die Seine
etwas von seinem Leben
etwas von sich selber hin
und er sagt

Die Seine ist meine Schwester
und genauso wie ich einmal
dem Schoß meiner Mutter entsprungen bin
so sprudelt sie Tag für Tag
und unaufhörlich
aus dem Schoß der Erde hervor
und die Erde ist die Mutter meiner Mutter
und der Tod ist die Mutter der Erde
Und er hört eine Weile mit Spucken auf
und denkt daran daß die Seine sich ins Meer ergießt
und er findet das schön
und er freut sich
und sein Herz pocht wie früher
und er fühlt sich wieder wie früher
blutjung mit einem sauberen Hemd
das er auszog wenn er liebte
und er betrachtet die Seine

[1] Gilt den Parisern als „Selbstmörderbrücke" (*Anm. d. Übers.*).

denkt an sie
s Leben und an den Tod
nd an die Liebe
und er ruft

Oh Seine
ei mir nicht böse
enn ich in dein Bett mich stürze
as gehört sich nicht
enn ich bin ja dein Bruder
och sei's drum
ich liebe dich also nimmst du mich mit
Aber paß gut auf
wenn wir dort unten ankommen werden
wir beide
dort unten genau in dem Augenblick
den man nicht kennt
dort wo das Wasser schon nicht mehr süß ist
aber auch noch nicht salzig
vergiß nicht den König der Brücken
vergiß nicht deinen alten ertrunkenen Freund
vergiß nicht das arme Kind der Liebe
erniedrigt und übel zugerichtet
und unter dem neuen Getöse des Meeres
behalte ein Weilchen noch deine zärtliche sanfte
Stimme
um mir zu sagen Ich denke an dich

Und er springt ins Wasser
und die Feuerwehr eilt herbei
endlich ist es vorbei mit ihm
wie's in Tausendundeiner Nacht so schlicht und
ergreifend heißt
Und die Seine nimmt ihren Weg wieder auf
und fließt unterm Pont Saint-Michel hindurch
von wo man von weitem
den Erzengel und den Dämon und das Brunnenbecken
sieht
mit denen zusammen
eine alte Engelmacherin ein unglücklicher Pfadfinder
und ein armseliger dicker älterer Herr an ihnen
vorüberziehen
der es mit Butter und Eiern
zu einem lumpigen Vermögen gebracht hat
Dieser Herr schlendert langsam zur Seine

und betrachtet die Türme von Notre-Dame
obwohl
ihn weder Kirche noch Fluß interessieren
sondern nur die alte Kiste eines Bouquinisten
Und wie gebannt wie angewurzelt bleibt er stehen
vor dem Bild eines kleinen Mädchens
auf Glanzpapier
Sie trägt eine schwarze Schürze und die Schürze ist hochgestreift
eine Nonne mit dunklen Ringen unter den Augen
peitscht sie aus
und die Flügelhaube der Schwester
ist so weiß wie die Unterwäsche des Mädchens
Doch als der Bouquinist dem älteren Herrn ins hochrot gewordene Gesicht sieht
blickt dieser verlegen woanders hin
und dem armseligen zotigen Büchlein den Rücken kehrend
schaut er mit unbeteiligter Unschuldsmiene
hinüber zum anderen Ufer der Seine
zum Quai des Orfèvres der Straße der vergoldeten Goldschmiede
wo die Justiz die einen Palast bewohnt
der von entsetzenerregenden grauen Schergen bewacht wird
die Armut richtet und aburteilt
die es wagt aus ihren Löchern zu kriechen
Lächerliche widerwärtige Farce
in der die vereidigte Lüge
der Armut den Befehl erteilt die Wahrheit
die ganze Wahrheit und nichts als die Wahrheit zu sagen
Darf's sonst noch was sein fragt die Armut
wollen Sie's eingepackt
Und da wirft sie auf die gefälschte Waage
die Wahrheit der Armut
blutig und nackt
Das ist meine Tochter sagt die Armut
das ist mein Nesthäkchen
das ist mein Findelkind
Sie ist über die Weihnachtsfeiertage gestorben
nachdem sie lange umhergeirrt war
am Fuß der vereisten Kastanienbäume
auf dem Quai
da draußen

zwei Schritte von hier
Meine Herren Vorsitzenden
sitzen Sie nicht herum sondern stehen Sie auf
und Sie
meine Herren Vorsteher
stehen Sie nicht herum sondern treten Sie näher
Sehen Sie nur dieses fünfzehnjährige Kind
Sehen Sie nur diese mageren Knie diese traurigen kleinen
Brüste
dies kümmerliche rote Haar
diese Frostbeulen an den Füßen und diese Schwielen
an den Händen
Sehen Sie nur wie das Leid dies Kindergesicht
verunstaltet hat
Und Sie meine Herren gut zugedeckt und immer richtig
liegend
liegen Sie nicht herum sondern wachen Sie auf
Sie hören hier weder Wiegenlied noch Romanze
Erwarten Sie nicht daß ich Ihnen den Gerichtshof mache
Dies ist kein Unterhaltungsroman
kein Melodram
nichts fürs Gefühl keine Liebesgeschichte
Es geht hier ganz einfach um das Entsetzen und um die
Verstörtheit die sich auf dem Gesicht des Kindes
widerspiegeln und die das Herz des Kindes fürchterlich
zusammenpressen in dem Augenblick da das Kind begreift
daß es ein kleines Kind bekommt und daß es dies niemandem
sagen kann nicht einmal seiner Mutter die es schon seit
langem nicht mehr liebt und erst recht nicht dem
Vater denn peinlicherweise ist ausgerechnet der
Vater der Vater dieses Kindeskindes

Auf einer Matratze träumte sie
und um sie herum wälzten sich
schlafend ihre Geschwister
und die zur Wand gedrehte Mutter
schnarchte verzweifelt
Kurzum die alte Leier
wie's bei den Dichtern heißt

Der Vater der in den Hallen arbeitet und der sich
heimwärts schleicht
nachdem er sich unstet an allen Ecken und Enden der
Nacht herumgetrieben hat
und der traurig seufzend ein Weilchen

vor der Tür eines Freudenhauses stehenbleibt
das aus Gründen der Höheren Sittlichkeit geschlossen ist
und der weitergeht
in seinen blauen wäss'rigen Augen
das tanzende Fünkchen der Appellation Contrôlée seiner
Herkunftsbezeichnung
Und da ist er auf einmal
Veteran der Kolonialarmee falls Sie das interessiert
und wegen Unzurechnungsfähigkeit entlassen
da taucht er plötzlich
in die wohlige animalisch-tropische Wärme
des armseligen Familienpferches
Und der rote Lampion des Inzests
fängt im Handumdrehen Feuer
im Kopf des Erzeugers
er tastet sich zu seiner Tochter
und seine Tochter kriegt's mit der Angst...
Sie können sich ja denken Sie ehrenwerten Männer
was man das Übrige nennt
und warum eines Abends
ein engumschlungenes Liebespaar auf einer Bank
im Park des Vert-Galant
einen so markerschütternden
Kinderschrei vernahm

Ich war da als die Sache passierte
direkt am Pont-Neuf
nicht weit von dem Bauwerk das man
die Münze nennt la Monnaie
Ich war da als sie sich vornüberbeugte
und ich war es die sie hinunterstieß
Mir blieb nichts anderes übrig
Ich bin die Armut
ich habe nur meine Pflicht getan
und genauso die Seine
als sie brüderlich ihren Arm
um das Mädchen legte
Brüderlich jawohl
Brüderlichkeit Gleichheit und Freiheit na prächtig
Oh freundliche Armut
gäb' es dich nicht man müßte dich eigens erfinden
Und die Staatsanwaltschaft die sich erhoben hat
die Hand aufs Herz gedrückt den anderen Arm gen
Himmel gereckt das Hörrohr am Ohr
und sämtliche Tränen ihres bürokratischen Wasserkopfs

in den Augen
fordert mit unverhüllter Ergriffenheit
daß man die Armut laufen läßt
das bedeutet im Klartext und angesichts der dringenden
Dringlichkeit
und der notwendigen Notwendigkeit des Falles
ihre einstweilige unbefristete Freilassung
Und so meine Herrn wird gerecht und gerächt
der Gerechtigkeit zum Siege verholfen
in Anbetracht der Tatsache daß...

Bei diesen markigen Worten bricht einhellig tosender
Beifall los
und Abendkleidung ist obligatorisch
und das große Gerichtsgebäude erstrahlt im
verschwend'rischen Glanz eines Feuerwerks
und viele Leute stehen auf den Fahnen
und die Balkone flattern im Wind
und das große frankophilharmonische Orchester der
Ordnungswüter
wetteifert an Inbrunst und Kunstfertigkeit mit der
dicken Glocke von Notre-Dame-zum-Lokus-der-Kantine-des-
Palastes
Und die verdutzte hungrige benommene entmutigte Armut
umringt von all ihren amtlich bestellten
Rechtsberatern und Linksanwälten
und all ihren Spitzeln
wird einstimmig plus eine weitere Stimme auf freien
Fuß gesetzt
der vereinigten Stimme des reinen Gewissens und des
gesunden Volksempfindens
Und feierlich unter stürmischem Jubel als gemeinnützig
anerkannt
wird sie sofort
freiheitlich gleichgültig und brüderlich
mit kräftigen Fußtritten in den Leib
und tüchtigen Faustschlägen auf die Nase
wieder 'raus aufs Pflaster geworfen
Sie rappelt sich mühsam hoch
wodurch sie das milde Gelächter der Menge erregt
die meint sie sei ein altes besoffenes Weib
und blind die Straße hintertorkelnd
schleppt sie sich fort
zu einem ruhigen Plätzchen
zu einer friedlichen Stelle

zu einem Zufluchtsort
zur Seine
zu den Quais

Sieh da du siehst schön aus und du gefällst mir
Und die Armut erschauert in ihrem fadenscheinigen
Kleid
das voller Unrat ist
als sie diese Stimme hört die klingt wie kaputtes
Geschirr
und sie erkennt Karlchen den Kühnen
genannt das Leck genannt der Zeitvertreiber
einer ihrer ältesten Freunde einer ihrer treusten
Geliebten
und sie sinkt auf den Stein
und schluchzt an seiner Brust
Ach wenn du wüßtest sagt sie
Ich weiß
sagt der Steingutflicker
Ich weiß
sagt der Hundewäscher
Und was ich nicht weiß das rate ich halt und was ich
nicht rate
das denk' ich mir aus
Und was ich mir ausdenke das vergeß' ich
Also mach's wie ich mein Schätzchen
schau zu wie die Seine vorbeifließt und red nicht so viel
Oder wenn schon
dann sprich nur von den erfreulichen Dingen
von den wunderschönen Dingen von denen man träumt und
die wirklich passieren
ich meine von denen die der Mühe wert sind
doch was die Mühsal betrifft es lohnt nicht die Mühe
davon zu sprechen
Beim Reden taucht er
ein altes Taschentuch mit zerrissenen Karos in den
Fluß
und wischt der Armut
die Spuren geronnenen Bluts vom Gesicht
und sie vergißt einen Augenblick lang ihren Jammer
und lauscht seiner rauhen zittrig gewordenen Stimme
die ihr zärtlich von ihrer Jugend
und ihrer Schönheit erzählt
Erinnere dich ich nannte dich La Miraculeuse das
Wundermädchen

weil du im sechsten Stockwerk
über der Cour des Miracles[1] wohntest
am Bett standen blaue Hyazinthen
und ich habe bis heute
nicht eine einzige Locke deines Haars vergessen
Erinnere dich ich nannte dich die Fröstelnde
wenn es dir kalt war
und ich nannte dich die Zerbrechliche
wenn ich mich auf dich legte
Erinnere dich an die erste Nacht
das erste Mal
die schwarzen Wolken von Billancourt[2]
trieben sich über den Fabriken umher
und hinter ihnen
warfen die letzten Laternen des Point-du-Jour[3]
einen dürftigen Lichtschein zitternd und rot
auf den Fluß
Es war Winter
und du zittertest wie dieser dürftige Lichtschein
doch im grünen Samt deiner Augen
flammten die siebzehn Lenze der Liebe
Und ich wagte noch nicht dich anzufassen
ich betrachtete nur
den Atem deines hübschen Körpers
der vor deinem Munde tanzte
Erinnere dich
wie wir leise
über den Pont de Grenelle gegangen sind
ohne ein Wort zu sagen
Und vergiß auch nicht die Schwaneninsel
Liebste
mit ihrem unheimlichen Plätschern
und das Standbild der Freiheit
das aus den Nebeln des Flusses auftauchte
die einen tristen Witwenschleier um es legten
Erinnere dich an das Geschrei im Vel d'Hiv
vergiß nicht die laute vom Wind verwehte Stimme
    der Menge
und den Pont Alexandre
mit seinen nackten Frauen
und ihren großen goldenen Pferden
reglos sich bäumend und geblendet

[1] früher das Viertel der Bettler und Diebe in Paris *(Anm. d. Übers.)*
[2] Pariser Arbeitervorort *(Anm. d. Übers.)*
[3] Pariser Stadtteil nahe Auteuil *(Anm. d. Übers.)*

vom Scheinwerferlicht des Automobilsalons
den kreisenden Lichtern des Grand Palais
Und drüben auf der anderen Seite
die erfrorenen Invaliden
die ihre toten Kanonen
auf den weiten leeren Vorplatz richten
Und wie lange standen wir da
eng aneinandergeschmiegt
ganz nah am Pont de la Concorde
Erinnere dich
wir hörten gemeinsam zu
wie die süße Erinnerung an die Hämmer des Sommers
die Nacht durchhallte
wenn der Sommer ein Frühaufsteher
eilends das schwimmende Balkenwerk
für die orientalische Verkleidung des Deligny-Bads[1]
zusammenzimmert
Erinnere dich
wir dachten gemeinsam zurück
an das ausgelassene Lachen der Mädchen
die mit dem Badeanzug in der Hand den Steg überquerten
und die feisten Menschenfresser die mittags
aus den Ministerien strömen
und die verzweifelt versuchen
zwischen den senkrecht gespannten flatternden
Leinwandbahnen
ein bißchen junges Fleisch zu erspähen jung
und nackt

Nackt
Und meine Hand hat fester noch deinen Arm gedrückt
Erinnere dich
Ich erinnere mich
sagt die Armut
Es schlug zwei Uhr
auf der großen Uhr an der Gare d'Orsay
und als du mich zur Uferböschung zogst
war da kein anderes Licht
als das einer einsamen Gaslaterne
vorm Palast der Ehrenlegion
Doch das blaßrote Blut
das vom letzten Viertel des Mondes rann
der verwundet war von einem allzu harten Winter
ergoß sich über die öde Gegend

[1] Freiluftschwimmbad in der Seine (*Anm. d. Übers.*)

in der sonnenbeschienen im Mondlicht
gewaltige Pyramiden aufragten aus Sand
und aus Steinen
Erinnerst du dich
Als wäre es gestern gewesen
entgegnet der alte Querkopf
und sogar daran daß du lächelnd gesagt hast
Wie schön es hier ist
man meint man sei in Ägypten
Und es stimmt
daß es schön war mein Schatz
viel zu schön um nicht wahr zu sein
Und es war wirklich Ägypten
Und genauso wirklich waren's
die warmen stillen Wasser des Nils
die da lautlos sich vorwärts wälzten
zwischen den Ufern der Seine

Und das brennende Blut der Liebe
strömte durch unsere Adern

Erinnere dich
Du lagst auf einem Zementsack
in einer windstillen Ecke
und als ich meine eiskalte Hand
auf die süße Wärme deines Herzens legte
hat deine junge Brust sich plötzlich aufgerichtet
wie eine leuchtende Blume
inmitten der geheimen Gärten
deines jungen liegenden liebenden Leibs
Und vergiß nicht den schönen Stern[1] meine Liebste
du weißt ja welchen ich meine
Vergiß das Gestirn der Liebenden nicht
das Gestirn des Augenblicks selbst und der Ewigkeit
den berauschenden Stern der gemeinsamen Lust

Wer könnte ihn je vergessen

Und die Armut
lächelnd und fast über ihren Jammer hinweg
betrachtet das Licht das die Ile-de-la-Cité überstrahlt
In der Nähe
zuckt ein alter durchnäßter Hund erschrocken zusammen
als er den Schrei eines Schleppkahns hört

[1] Doppelbedeutung: *à la belle étoile* = unter freiem Himmel

der noch einmal
das Ende eines neuen Tages grüßt
Und da oben
im gedämpften Getöse des Alltagslebens
gehen in der Samar und in der Belle Jardinière[1]
zähneknirschend
die schweren Eisengitter herunter
Auf dem Quai de la Mégisserie
tragen die kleinen Besitzer der Vogelhandlungen
bereits die Sittiche die weißen Ratten und die
exotischen Fische
in ihre Läden zurück
doch bevor er in den abscheulichen Schatten zurückkehrt
wirft ein armer Blauaffe
einen letzten schmerzvollen Blick
zum Pont des Art hinüber
über den wütend und rot
ein großer Löwe spaziert
Dieser große rote Löwe
ist niemand anders als der Sonnengott
er trödelt noch ein bißchen herum bevor er verschwindet
Bald
kommen die Büttel der Nacht
und jagen ihn fort
mit ihrem flatternden schwarzen Umhang
Und deshalb zieht er ein schiefes Gesicht
und ist unzufrieden
und schüttelt brüllend
seine mächtige Dämmermähne
gegen die Straßenpassanten
Und die Passanten werden vor Ärger ganz rot im Gesicht
und kneifen die Augen zusammen
Da lacht sich der rote Löwe ins Fäustchen
und schert sich den Teufel um sie
und er streichelt im Weggehen
mit seiner großen rötlichen Pranke
lässig
die Hüften und das Hinterteil einer Frau
die plötzlich stehenbleibt
an ihren Liebhaber denkt
und erschauernd in die Seine hinabblickt.

[1] La Samaritaine, La Belle Jardinière: zwei große Pariser Warenhäuser *(Anm. d. Übers.)*

Reise nach Persien

An jenem Tage
hatte der Tod schon mehrmals
bei mir vorgesprochen
Ich hatte ihm aber ausrichten lassen ich sei nicht
daheim
denn ich hatte andere Dinge zu tun als ihn anzuhören
schlug mich (buchstäblich) mit wichtigeren Dingen
herum

Und ganz besonders mit dem Schah von Persien
den ich mit einem prächtigen Stück grünen Fleischs
– das essen die persischen Schahs für ihr Leben gern –
gefangen hatte
eines Tages
als er mit seinen Leuten
Musik vorneweg
auf die Straße nach Teheran zog
Es war am Knecht-Ruprechts-Tag...
und er freute sich sehr
bei dem bloßen Gedanken
daß man die armen Bauern auspeitschte

Und ich entführte ihn in einem großen Koffer
und zeigte ihn
gratis
den Bauern
und dann peitschte ich ihn
unentgeltlich
in aller Öffentlichkeit
und alle Bauern waren sehr glücklich
Dann sperrt' ich ihn wieder in seinen Koffer
und fuhr weiter auf meiner Vergnügungsreise
die mich kreuz und quer durch Persien führte
Das Vergnügen hatten dabei die andern
die kleinen Kinder und auch ihre Eltern
denn ich selber hatte keinerlei Spaß
beim Prügeln des gekrönten Hauptes
Nur dieselbe Müdigkeit
die man empfindet wenn man
Perserteppiche klopft

Da begab es sich
daß ein Londoner Tier
bei mir vorsprach
eine vollendete Lady von den Dächern von Limehouse
Es war auf der Durchreise und stellte sich folgendermaßen
vor
Gestatten ich bin die neunschwänzige Katze
ich kenne mich aus mit dem Job
und kann Ihnen gerne ein bißchen zur Hand gehen
Als Lohn für meine Bemühung
verlange ich täglich einige Mäuse
Geht in Ordnung entgegnete ich geht in Ordnung
Und außerdem möcht' ich
auf unserem Weg nach Belieben anhalten dürfen
sofern auf diesem Weg
ein Kater vorbeikommt der mir gefällt
Einverstanden erwiderte ich
Und dann möchte ich mit ihm schlafen können
führte die Katze weiter aus
Und Vögel will ich
um sie dem Kater zu schenken
Okay okay Sie sollen alles bekommen
sagte ich zu der Katze
Ich war so müde
Und alles wurde bestens geregelt

Das Tier schlug den Schah von Persien
äußerst korrekt
Und ich schlug die Trommel
und die Bauern freuten sich immer mehr
und sie brachten der Katze
Mäuse und Ratten vom Feld
Und für mich
gab's wie immer
kühle Getränke
und hübsche Mädchen die küßten mich auf den Mund
Mit einem Wort es war wunderbar
und einmal
schenkten uns Weber sogar
der Katze und mir
einen richtigen fliegenden Teppich
Damit kommen Sie schneller vom Fleck
auf Ihrer Tournee sagten sie
und dadurch kommt jeder Perser
in den Genuß des Spektakels

das uns allen sehr gut tut
Doch eines Tages sah
der Schah
uns plötzlich bekümmert an

Wird dieses Spielchen noch lange dauern

Ich erinnere mich noch genau
an sein Gesicht und zugleich auch an das Wetter
an jenem Tag
Ein prächtiges Wetter
Wir näherten uns mit dem Teppich
in zwei dreitausend Metern Höhe der Hauptstadt Teheran
Und freundlich lächelnd
sagte die Katze zum Schah
Na hören Sie 'mal Majestät
Sie brauchen gar nicht zu jammern
hätten wir nur gewollt
wir hätten Sie umbringen
oder in ein großes Einmachglas
mit bösen Essiggurken sperren können
Da wären Sie glatt verdurstet
und hätten tausend Qualen erlitten

Na hören Sie
sagte der Schah
so etwas tut man doch nicht
und dann fuhr er fort
Am Anfang fand ich es überraschend es hat mich erstaunt
    ja ich möchte sagen es hat mir richtig Spaß gemacht
    wenn ich ehrlich sein soll es war etwas Neues
    verstehen Sie mich doch jetzt hab' ich's langsam satt
Es tut sehr weh wissen Sie und demütigend ist es
    auch ganz zu schweigen davon daß ich jetzt wie ein
    Zebra aussehe ein Zebra auf dem Pfauenthron Sie
    werden nicht leugnen daß das zumindest anstößig ist
    um es vorsichtig auszudrücken doch ich muß Ihnen sagen
    nein wirklich ich bin nicht gerade begeistert weiß
    Gott nicht begeistert ganz und gar nicht begeistert
gar nicht gar nicht gar nicht
gar nicht gar nicht
gar nicht

Und was geht das uns an
sagte die Katze

Hauptsache *wir* sind begeistert
Und wir flogen herab in die Stadt
wo allenthalben gefeiert wurde
Und überall lief die Lebenslust
nackt durch die Straßen der Stadt
Und überall hießen uns trunkene Perser herzlich
willkommen

Vortrefflich
sagte die Katze
Das Leben ist schön
der Thron ist leer
doch die Fässer sind voll

Weh mir
sagte der Souverän
ich erkenne meine Stadt nicht mehr
Was soll nur aus mir werden
in dieser ganzen Geschichte

Du wirst dich nützlich machen
erwiderte die Katze
Und um gleich anzufangen
säuberst du mir meinen Freßnapf.

Der Lauf des Lebens

In zwölf Schlössern gekauft
für zwölf Butterbrote
schluchzen in zwölf Badezimmern
zwölf Männer vor Haß
Sie haben ein schlimmes Kabel erhalten
eine schlimme Nachricht aus schlimmem Land
Dort unten hat nämlich ein Eingeborener
mitten auf seinem Reisfeld stehend
mit einer höhnischen Geste
eine Handvoll Reis
zum Himmel geworfen.

Das sanfte gefährliche Antlitz der Liebe

Das sanfte gefährliche
Antlitz der Liebe
ist eines Abends mir erschienen
nach einem allzu langen Tag
Vielleicht war's ein Bogenschütze
mit seinem Bogen
vielleicht ein Musikant
mit seiner Harfe
Ich weiß es nicht mehr
Ich hab' es vergessen
Alles was ich noch weiß
ist daß er mich verwundet hat
vielleicht mit einem Pfeil
vielleicht mit einem Lied
Alles was ich noch weiß
ist daß er mich verwundet hat
verwundet im Herzen
verwundet für immer
Brennende allzu sehr brennende
Wunde der Liebe.

Die Lufttaufe

Diese Straße
hieß früher Rue du Luxembourg
nach dem Park gleichen Namens
Aber heute heißt sie Rue Guynemer
nach einem im Krieg gefallenen Flieger
Dabei
ist diese Straße
noch immer dieselbe Straße
noch immer ist es derselbe Park
noch immer der Luxembourg
Mit den Terrassen... den Statuen... den Brunnenbecken
Mit den Bäumen
den lebendigen Bäumen
Mit den Vögeln
den lebendigen Vögeln
Mit den Kindern
all den lebendigen Kindern
Da fragt man sich doch
da fragt man sich wirklich
Was hat das alles mit einem toten Flieger zu tun.

Des einen Freud…

Fische ihr geliebten Freunde
Ihr Geliebten derer die man so zahlreich gefangen
hat
Ihr habt dies Unglück miterlebt
Diese grauenhafte Geschichte
Diese fürchterliche Geschichte
Diesen Weltuntergang
Den wunderbaren Fischzug Petri
Fische ihr geliebten Freunde
Ihr Geliebten derer die man so zahlreich gefangen
hat
Derer die man gefangen in heißem Wasser gekocht und
aufgegessen hat
Fische… Fische… Fische…
Wie müßt ihr gelacht haben damals
Am Tage der Kreuzigung.

Nichts zu befürchten

Fürchtet euch nicht
Ihr biederen mustergültigen Leute
Es ist keine Gefahr
Eure Toten sind wirklich tot
Eure Toten sind gut bewacht
Ihr habt nichts zu befürchten
Man kann sie euch nicht nehmen
Sie können euch nicht entfliehen
Es gibt ja die Friedhofswärter
Und zudem
Sehr bequem gibt's rings um die Gräber
Ein schmiedeeisernes Gitter
So wie rings um die Kinderbetten
In denen die Säuglinge schlafen
Man hat vorgebaut im wahrsten Sinne des Wortes
Bei der Trostlosigkeit dieses öden Ortes
Wer kann das schon wissen
Könnte der Tote noch träumen
Träumen daß er noch lebt
Träumen daß sich der Sargdeckel hebt
Und womöglich schöbe er dann sein steinernes Bettuch
    beiseite
Um sich freizustrampeln
Und aus dem Sarg zu beugen
Und schließlich aus dem Grab zu fallen
Wie ein Kind aus dem Bett
Oh Graus und Katakomben
Um wieder ins Leben zu fallen
Ihr könnt euch ja denken
Daß alles dann wieder in Frage stünde
Die Zuneigung und die Betrübnis
Und auch die Frage der Pfründe
Doch beruhigt euch wieder ihr Lieben
Ihr biederen mustergültigen Leute
Eure Toten werden nicht wiederkommen
Um sich auf Erden zu amüsieren
Die Tränen sind nicht umsonst vergossen
Und ihr braucht nicht
Ihr braucht nimmermehr darauf zurückzukommen
Und nichts wird auf dem Friedhof
Je verwüstet werden

Die Chrysanthementöpfe werden sich nicht von der
Stelle rühren
Und keiner wird je euch dran hindern können
Mit der Gießkanne in der Hand vor dem Grabmal
dem schlichten
Die süße Landarbeit der tiefen Trauer zu verrichten.

Der Prominente
und sein Schutzengel

Wache Sie harren hier draußen aus
An der Türe zu diesem Freudenhaus
Und passen Sie sorgfältig auf
Ich will meinen guten Ruf nicht verlieren
Nun ich geh' jetzt zu diesen Damen hinauf
Ein bißchen muß man sich halt amüsieren!

Das Fest in Neuilly

Eine Turmuhr läßt zwölf Schläge erklingen
Sie zeigen die Mitternacht an
Die herrliche Sonne der schlafenden Kinder

In einer Menagerie
Auf dem Fest von Neuilly
Prügelt sich ein Dompteurehepaar
Und in den Käfigen liegen auf Strohhalmkissen
Die Löwen und brüllen hingerissen
Sie rücken ein wenig enger zusammen
Damit auch die kleinen Löwenjungen
Das prächtige Schauspiel genießen können
Und mitten durch den Blitzschlag des Gewitters
Des Ehekrachs der Besitzer der Menagerie
Schreitet wie ein zerstreutes Genie
Sanft und lautlos ein Pelikan
Der im feuchten Sägemehlrest
Seine einförmige Schwimmfußspur hinterläßt
Und durch einen Riß in der löchrigen Zeltbahn
Sieht ein großer Affe traurig und einsam
Am Himmel in einem Wolkenmeer
Den Mond der so einsam ist wie er
Den von der Erde geblendeten Mond
Der die Häuser Neuillys in sein klares Gewässer taucht
Der die Mondsteine aller Pariser Häuser
In sein klares Gewässer taucht

Eine Turmuhr läßt sechs Schläge erklingen
Sie fügt eine Melodie hinzu
Und schon ist's halb sieben
Die Kinder erwachen aus ihrer Ruh'
Und vom Fest ist nichts übriggeblieben
Die Schausteller sind schon weitergezogen
Und der Mond ist ihnen nachgeflogen.

Die Sterbesakramente

Ertrunken im großen Wasser des Elends
Das grauenvoll
An den Wänden des schäbigen Zimmers herabrinnt
Ein Sterbender
Aschgrau verlassen unheilbar
Im Schatten des Nachtlichts
Das der Wind hin und her weht
Sieht er
Vor der triefenden Mauer
Ein wunderbares lebendiges Leuchten
Das glückliche Glühen der geliebten Augen
Und sterbend
Hört er
Ganz deutlich
In der tönenden Stille des Sterbezimmers
Die süßesten Worte der wiedergefundenen Liebe
Geflüstert von der Stimme der heißgeliebten Frau
Und einen Augenblick lang erstrahlt das Zimmer
Wie noch nie ein Palast erstrahlt ist
Feuer
Rufen die Nachbarn
Es brennt
Sie eilen herbei
Und sehen nichts
Nichts anderes als einen einsamen Mann
Der auf schmutzigen Bettlaken liegt
Und lächelt
Trotz des Winterwindes
Der ins Zimmer bläst
Durch die zerbrochenen Fensterscheiben
Zerbrochen vom Elend
Und von der Zeit.

Graffiti

Il y a des gens qui dansent sans entrer en transe et il y en a d'autres qui entrent en transe sans danser. Ce phénomène s'appelle la Transcendance et dans nos régions il est fort apprécié.[1]

*

Wenn die Wahrheit nicht frei ist, ist die Freiheit nicht wahr: die Wahrheiten von heute sind Zinsenwahrheiten.

*

Der Frieden:
zwei Helden aus demselben Lager sehen sich scheel von der Seite an.

*

Es gibt keine Gerechtigkeit:
Der erstbeste Intellektuelle stellt das Inwendige seines Kopfes zur Schau – er wird gefeiert.
Das allerhübscheste nackte Mädchen zeigt uns ganz einfach seinen Arsch – es wird gefeuert.

*

Das Klassische Jahrhundert:
Zwei Läuse leben in Saus und Braus unter der Perücke eines Königs.
Und dieser König sah nie die Sonne: alle seine Fenster gingen auf den Hof hinaus.
Und dieser arme König hatte keine Löwen in seinem Versailler Zirkus.
Er sah sich genötigt, seine Christen den Cevennen-Dragonern[2] vorzuwerfen.

*

Vox populi boxt Dei!

[1] *„Unmögliche" Übersetzung*: Es gibt Leute, die tanzen, ohne in Trance zu geraten, und es gibt andere, die in Trance geraten, ohne zu tanzen. Dieses Phänomen nennt man die Transzendenz (La Transcendance = la transe sans danse), und es erfreut sich in unseren Breiten größter Beliebtheit *(Anm. d. Übers.)*.

[2] *dragon*: Dragoner, aber auch Drache. Die genannten Militärs schlugen unter dem „Sonnenkönig" Ludwig XIV. den Aufstand in den Cevennen nieder *(Anm. d. Übers.)*.

Das Wort Biebel ist neuer als das Wort Bibel, und die Worte eher bar sind zutreffender als das Wort ehrbar.

*

Manchmal waren die Sklavenkinder glücklicher als die Königskinder. Und es gab mehr von ihnen.

*

Es gibt Erwachsene, die niemals Kinder waren.
Diese Erwachsenen besitzen alle Anlagen und Talente. Etliche haben sogar ihre Anlagen sehr gut angelegt. Doch die Kindheit besitzt Genie.
Zum Glück kehren einige hochbetagte Menschen zeitaufwärts zurück zur Kindheit und entfernen sich ruhigen, leichten Schrittes in Richtung Tod.

*

Die Kinder besitzen alles, bis auf das, was man ihnen wegnimmt.

*

Das Finanzministerium müßte eigentlich Armutsministerium heißen, denn das Kriegsministerium heißt ja auch nicht Friedensministerium.

*

Marschroute:
Immer den rechten Weg entlang, um ruhigen Gewissens zu sterben, indem man sich anständig überfahren läßt.

*

Wenn Reden Silber wäre und Schweigen Gold, dann wäre der Schrei des Herzens ein bunter Diamant.

*

Jede Meinung ist gültig. Gut. Das sagt *ihr. Ich* sage das Gegenteil. Das ist meine Meinung: laßt sie gefälligst gelten!

*

Die Religionen sind nur die Trusts des Aberglaubens.

Selbst wenn das Glück dich ein wenig vergißt, vergiß du es nie ganz.

*

Der Vegetarier ist genügsam: er bestellt nur einen Kleeblattsalat, doch der Klee soll vierblättrig sein.

*

Wieso sagt ihr *die* Männlichkeit?

*

Lebensraum:
Eines der großen Gebrechen des Menschen liegt darin, daß er sich nicht in einem Raum von vier Quadratfuß aufzuhalten vermag.

Die Hottentoten

*

Lebenszeit: time is money...
Heute hat man nicht einmal mehr die Mittel, arm zu sein.

*

Ein Tränenstrom vermag nichts gegen Herzensdürre.
Genauso wenig wie Wasser im Wein dessen Bukett wieder aufblühen läßt.

*

Les jeux de la Foi ne sont que cendres auprès des feux de la Joie.[1]

*

In ihrer Kindheit, in Italien, träumten Sacco und Vanzetti vielleicht von der Elektrifizierung der Landgebiete.

*

Ludwig XIV. vermied es, in den Spiegel zu sehen, so sehr fürchtete er sich vor einem Sonnenstich.

*

[1] Die Spiele des Glaubens sind nur Asche neben den Feuern der Freude.

Wenn man der Liebe die Augen verbindet, geschieht dies, um sie zu erschießen. Doch mit weit geöffneten Augen geht sie durchs Leben, ohne sich zertrampeln zu lassen.

*

Wenn Sie jetzt, bitte, so freundlich wären, bewußtlos zu werden, aber legen Sie nicht die Ellenbogen aufs Leichentuch.

Der Beerdigungsunternehmer

*

Ein nobles Gespenst nennt seine Frau nicht „meine kleine Witwe".

*

Und wenn jeder jeden getötet hat, werden die Maschinen von den Menschen sprechen, so wie die Menschen von den Göttern sprachen: mechanisch.

*

Ein Mensch ohne Liebe ist wie eine Lampe ohne Licht, ein Bordell ohne Lampe, ein Hafen ohne Hafenviertel, Musik und Gesang. Und ein Hafen ohne Hafenviertel ist genauso doof wie ein Flugzeugträger.

*

Oh ihr Helden, macht euch doch nicht die Mühe, eure blutverschmierten Füße auf der Matte des Ruhms abzustreifen, bevor ihr in die Geschichte eingeht.

*

Oh großer Neptun, unser tägliches Boot gib uns heute.

Die Najaden

*

Der Krieg wäre ein Geschenk der Götter, wenn er nur die Professionellen tötete.

Abhandlung über Zivilcourage

*

Man mag noch so eine eiserne Gesundheit besitzen, am Ende rostet man doch.

Prinz Eisenherz

*

These, Antithese, Prothese:
Man muß etwas für den kopflosen Ludwig XVI. tun.

*

Informationspolitik:
Stets erfahren wir „aus gut unterrichteter Quelle“, daß der soeben vertrocknete Fluß noch lange nicht aufhört zu fließen.

*

Sehr oft verlangt der Feigling von den anderen, daß sie zu seinen Ansichten stehen.

*

„Auf Wiedersehen!“ sagte der Blinde.

*

Nackt ist der Körper eines Mädchens ein größeres Geheimnis als im Nerz, in Chanel- oder Baumwollkleidern.

*

... und der Schwachkopf aus der Stadt spottet immer über den Dorfidioten.

*

Um die Atheisten zu widerlegen, hat Pascal die Jungfrau Maria mit einer Henne verglichen, die Eier ohne Hahn legen kann.
Das Ei von J.-Chr. war genauso einfach wie das von Kolumbus, man mußte nur darauf kommen.

*

Alfred Nobel hat zwar nicht das Pulver erfunden, aber er hat dessen Ersatzprodukte popularisiert, und diese Ersatzprodukte haben ihren Preis.
Die Erde ist mit guten Satzprodukten gepflastert.

Staatsbürgerkunde:
Nach der Angst vor dem Tod der Tod der Angst und schließlich das Leben.

*

Wieso schreiben sie: „Warum hat Rimbaud zu schreiben aufgehört?“, wenn sie nicht einmal wissen, warum er damit angefangen hat?

*

„Am siebenten Tage aber...“

Genesis

Was ist das bloß für ein Gott, der sich ausruht!

*

Ich habe das Rad vor dem Menschen erfunden.

Ein Pfau

*

Beim jüngsten Gericht der Vögel wird Sankt Hubertus vor einem Tribunal von jungen Rebhühnern erscheinen.

Ein Feldhuhn

*

Ich baue mein Nest nicht auf Minarette.

Ein Marabu(t)

*

Die Benutzer des Lebens sind überrascht, wenn sie „eines schönen Tages“ die Boten ihres Todes entdecken. Für sie waren's immer die andern, die sterben würden; deshalb fühlten sie sich im Augenblick nicht, wie man heute so sagt, „betroffen“.

*

Der Verirrte erbittet Auskunft über den Weg, der Nervöse erbittet die Uhrzeit, Stunde, Minute oder Jahr, der Bettler Almosen, der Verurteilte Gnade. Manche bitten um gar nichts.

*

Na ja, wir kommen so halbwegs über die Runden, gottseidank.
Gott: „Keine Ursache.“

*

Es gibt Leute, die amüsieren sich über die kleinste Lappalie, macht es genauso, amüsiert euch über Gott.

Beelzebübisch

*

„Sowas passiert nur mir!“ sagt der Mann, dem nie was passiert.

*

Die Technokraten der Zukunft werden die Hilfsschüler des Lebens sein.

*

Es gibt keine fünf oder sechs Weltwunder, sondern nur eines: die Liebe.

*

Wenn die Müllabfuhr streikt, sind die Schmutzfinken rein aus dem Häuschen.

*

Das Kind, das zum Spaß sein Tintenfaß in ein Weihwasserbecken schüttet, ist lustiger und wahrer als Luther, der sagte, er habe das seine dem Teufel an den Kopf geworfen.

*

Ihnen zufolge soll das Böse ganz schön häßlich sein.

*

Trotz des tagtäglichen audiovisuellen oder gedruckten Horrors schaffen sie's nicht, die Schönheit verschwinden zu lassen.
Man möchte sagen, das alles sei viel zu häßlich, um wahr zu sein.

*

Das Glück ist etwas Monströses.

Immanuel Fürchtegott Sauertopf

Der Stoff, aus dem die Helden sind, ist ein Lügengewebe.

*

Die Gefängnisse finden immer Wärter.

*

Die Revolution ist zuweilen ein Traum, die Religion aber immer ein Alptraum.

*

Geschichte läuft schnell ab, doch Geschichtsschreiber trödeln.

*

Ich bin nicht der Erstbeste.

Adam

*

In vielen heutigen Büchern findet man, wenn man sie öffnet wie Austern, nur Zuchtperlen vor.

*

L'amour
Eternité étreinte

Anna Gramm

Die Liebe
Umarmte Ewigkeit

*

Und die Jungfrau Maria verkaufte Josef für ein Linsengericht an Frau Putiphar.
Nun ja, der Kleine brauchte etwas zu essen.

*

Gott schuf den Elefanten, damit die Menschen elfenbeinerne Kruzifixe schnitzen konnten.

Saint Pierre de Bernardin

Gott ist ein Teufelskerl!

*

Die Unordnung des Menschen gehört nun einmal zur Ordnung der Welt.

*

Der Kaiseradler ist ein Inselbewohner und eigentlich ein Unglücksrabe: Korsika, Elba, Sankt Helena.

*

Kanonisation Napoléons (1806)
Die 44 Meter hohe Vendôme-Säule wird mit der Bronze von 1200 dem Feind entrissenen Kanonen überzogen.
Sie wird von einem Standbild Napoléons als römischer Cäsar von Dumont überragt, das an die Stelle desjenigen von Seurre getreten ist, welches wiederum den Platz des Standbilds von Chaudet eingenommen hatte.

*

Und alle wollten ihr an den Kragen, weil sie nie jemandem etwas getan hatte.

*

Christus liebte Kreuzworträtsel.

*

Das Zahnweh des Wolfes bringt das Lamm zum Lachen

*

Demjenigen, der gesagt hat, der Mensch sei des Menschen Wolf, wäre womöglich, hätte er sich im Spiegel betrachtet, ein Hyänengesicht entgegengetreten.

*

Mummenschanz.
Wenn der Mensch sich als Tier verkleidet, sieht das meistens erbärmlich aus, doch mitunter auch überraschend und schön.
Aber immer ist es von herzzerreißender, lachhafter Trostlosigkeit, wenn der Mensch das Tier als Mensch verkleidet.

Die Intelligenz ist eine Krankheit, ein Virus, und die Intelligentsia die Geheimgesellschaft der am stärksten befallenen Leute.
Die Kultur ist der Impfstoff.
An der kommt keiner vorbei, selbst die Kinder nicht, die noch unberührt sind von der Epidemie, selbst die Dorftrottel nicht und die Schwachköpfe aus den großen Städten.

*

Man sagt, die gegenwärtige Kultur sei eine Konsumkultur. Sie ist vor allem eine Kultur von Abfällen, und zwar in erster Linie von menschlichen Abfällen.

*

Wenn das Leben sich langweilt, ist der Tod sein Zeitvertreib.

*

Und der Traum wird zur Fabel, die Fabel wird zur Lüge, die Lüge wird zum Gesetz, und das Gesetz wird zum Glaubensgeschwätz.

*

Von der Epoche Stalin Super-Zar bis zu Jesus Superstar ist es nur ein Schritt, und zwar immer der gleiche: der Gleichschritt.

*

Der Krieg

Ihr holzt den Wald ab
Idioten
ihr holzt den Wald ab
Alle junge Bäume laßt ihr verschwinden
mit der alten Axt
Ihr holzt den Wald ab
Idioten
Und die alten Bäume mit den alten Wurzeln
ihrem alten Gebiß
die laßt ihr stehen
Und ihr hängt ein Schild dran
Bäume der Erkenntnis
Bäume des Sieges
Bäume der Freiheit
Und der verödete Wald stinkt nach altem morschem Holz
und die Vögel fliegen fort
und ihr bleibt und singt
Ihr bleibt
Idioten
und singt und defiliert.

Christliches Erziehungswesen

Hört es von klassenloser Gesellschaft
denkt sich das Kind Das ist eine Welt
in der man keine Schule abhält

Und wohlwollend desinteressiert
lächelt es wenn höchst indigniert
der Lehrer im Patriotismus-Fach
verkündet Deine Versetzung fällt flach
Und wenn dann mit hohlem Geschwafel
derselbe Erzieher vorn an der Tafel
seinen Credo-Eintopf kredenzt
weiß das Kind warum es so gerne die Schule schwänzt
doch von all den moralischen Finten
kapiert es kein Wort von vorne bis hinten
und es schenkt dieser ganzen Erbaulichkeit
nicht die geringste Aufmerksamkeit
Und es hört mit lächelndem Angesichte
daß es nicht nur in vaterländ'scher Geschichte
sondern auch im Religionsunterrichte
an letzter Stelle steht
Wenn das so weiter geht…
du sollst dich was schämen
donnert der Pauker mit finsterem Blick
Das kann mich nicht grämen
gibt das Kind gelassen zurück
Bleutet Ihr uns nicht selber ein
(wie hinein so tönt's heraus aus dem Wald)
Die letzten werden die ersten sein

Also warte ich halt.

Wenn sich ein Lebendiger umbringt…

Wenn sich ein Lebendiger umbringt, herrscht bei den Lebenden große Aufregung.
Wie wenn das Haus in Flammen steht, wenn der Kleine getauft oder wenn aus Versehen mit dem Kinderwagen die Katze überfahren wird.
„Wir sahen ihn so oft mit einem Lächeln auf den Lippen und das Glas in der Hand, und nun hat er sich selber umgebracht, es ist kaum zu fassen…"
„Und aus welchem Grund?"
Und jeder hat eine Antwort bereit.
Sonderbare und wenig lebendige Frage, sonderbare und wenig lebendige Antworten.
Oft verlangen die Menschen, was sie *die Wahrheit* nennen: unstet, aber gierig flehen ihre Augen, daß man sie anlügt. Viele unter ihnen leben von Trugbildern, und diese Trugbilder sind ihnen unentbehrlicher als das Brot, das Wasser, der Wein, die Liebe oder die Schnürsenkel ihrer Schuhe.
Durch einen glücklichen oder unglücklichen Zufall und durch ein Zusammentreffen von Umständen, eine privilegierte Kindheit, einen Sturz auf den Kopf, kurzum: durch irgendetwas versucht derjenige, der dieser gräßlichen Art zu leben entgehen will und kann und der weiß, daß jenseits des Bahnsteigs die Fahrkarten auch noch Gültigkeit haben, denn er hat gar keine gelöst… versucht er, anders zu leben, versucht er, lebendig zu leben.
Manchmal gelingt's ihm.
Und wie der eine die Bewegung nachwies, indem er sich einfach bewegte, beweist er das Glück, indem er einfach glücklich ist.
Und er gewöhnt sich an dieses Leben.
Doch fast alles verbündet sich gegen die lebendigen Lebenden.
Und der Chor der Verächter tönt: „Seht euch nur den an, er *läßt* sich leben und nennt seine Gründe nicht!"
Manchmal hat der Lebendige dann die Nase voll.
Manchmal bringt sich ein Mensch, der leidenschaftlich das Leben liebt, bei lebendigem Leibe um und lächelt sterbend dem Leben zu.
Von dem Rechengeniepferd, das sich mitten in der Vorstellung, mitten in der Manege umbringt, nimmt das Publikum an, es habe sich mit den Zahlen geirrt und könne die Schande nicht ertragen.
Tapferes Rechengeniepferd!
Als kleines Fohlen, als man dich mit Peitschenhieben lehrte, so zu tun, als zähltest du, dachtest du schon daran zu sterben, doch niemand wußte davon.

Eines schönen Tags...[1]

Eines schönen Tags
oder um noch genauer zu sein
eines schönen Sommermorgens
und mitten im Hochamt
in der Pfarrkirche Saint-Germain-des-Prés
(oder Saint-Eustache vom Schwarzen Beter)
vernahm man plötzlich
eine Stimme die sich mit solcher Verzweiflung erhob
daß die Gläubigen alle zu beten aufhörten
Und diese Stimme
die lauter war als die Orgel und der lateinische Singsang
war die Stimme
des Unglücks und der Verzweiflung selbst
Doch
immerhin muß davon abgesehen zugegeben werden
daß sie im höchsten Grade und unbestreitbar
 versoffen klang
Hallo Hallo
Hallo na sowas...
geben Sie mir die Reklamation...
Hallo Hallo
Ich habe Gottvater gewählt unter der Nummer
 Null Null Null
Ach so ist nicht frei
Natürlich das hätt' ich mir denken können
dann geben Sie mir bitte Ludwig XVI. neunundachtzig
 dreiundneunzig
hallo Ludwig XVI.
hier spricht ein treuer Leser der Action Française
hallo Ludwig hallo
ah die Schweine sie haben die Leitung unterbrochen...
Sie können sich vorstellen liebe Leser
welch ein Gesicht die lieben Zuhörer machten
wie aufgeregt und bestürzt sie waren
Ein Skandal sondersgleichen inmitten der knieenden
 Menge
Und pausenlos reklamierte die Stimme
reklamierte die Reklamation
und störte die Messe samt Wein Weihrauch und Gesang

[1] Vorwort zu einem Ausstellungskatalog von Zeichnungen und Karikaturen des surrealistischen Künstlers Maurice Henry, Paris, Galerie des Deux Iles, Dez. 1946 (*Anm. d. Übers.*)

Hallo Hallo
Schluß jetzt mit den Geschichten und dem Drumrumgerede
Schluß mit den Machenschaften und den versteckten
Intrigen
Vox Populi Vox Dei
das haben *Sie* gesagt
Verbinden Sie mich mit der Reklamation...

Geben Sie mir die Sainte Chapelle die Heilige
Dreieinfältigkeit die Menschwerdung unseres Herrn
die Erlösung von allen Sünden die Diskriminalpolizei
das Palais de Justice die Grande Chartreuse Saint-Emilion
Hallo Hallo
Geben Sie mir Lourdes die Basilika
Geben Sie mir die Absolution
Was ist nicht frei
das hätt' ich mir denken können
Gott verdamm mich
dann geben Sie mir die Reklamation
ich sag' Ihnen jetzt zum tausendsten Mal
es geht um Intrigen und falsche Beschuldigungen
Eine Schande was der Pater gesagt hat
der von Veruntreuung spricht
Und ich schwör's bei der Heiligen Mutter Gottes
nicht ich hab' den Opferstock aufgebrochen und dasselbe
gilt für den Peterspfennig pure Verleumdung und
außerdem ein Pater wie der ein Kater für mich ist das
sonnenklar ein richtiger schwarzer Kater dieser läufige
Pater und außerdem misch' ich mich etwa ein wenn er
und die Frau die im Hauptschiff die Stühle vermietet im
großen Meßgewandschrank das Tierchen mit den zwei
Rücken spielen und warum diese Frau ihn mein kleiner
Weihwedel nennt wenn da kein Schweinkram betrieben
würde und das ist genau wie die Sache mit den Kerzen
bin *ich* etwa schuld wenn am Altar der Heiligen
Jungfrau nur noch leere Ständer herumsteh'n...
Hallo Hallo
ich sag' Ihnen ja ich werde verleumdet
Sie glauben doch nicht
ich warte bis zum Jüngsten Gerücht
um den Gerichten ein Ende zu machen
Hallo Hallo
geben Sie mir die Entschädigungsstelle
geben Sie mir das Berufungsgericht...

Kurzum
es war der Kirchenschweizer
der da in eine üble Sache geraten war
das Geld für die Armen hatte sich einfach in Luft aufgelöst
Trauerkränze waren spurlos verschwunden
der Meßwein war mit Wasser gepanscht
den Meßdienern hatte ein Unhold an den Glöckchen
gespielt
und einige alte Kanzelschwalben wurden um ihre Rente
geprellt
Angewidert vom Intrigenspiel der Menschen
in einem Anfall sublimer Verwirrung
und voll wie sechsunddreißig Strandhaubitzen
beschloß der Schweizer an die göttliche Gerechtigkeit
zu appellieren
In einem Beichtstuhl eingeschlossen
den er für die Fernsprechzelle hielt
hat der Schweizer auf Teufel komm raus
Panik im Zeremoniell verbreitet...
Natürlich
ist dieser beklagenswerte und peinliche Vorfall
ein Vorkriegsvorfall
wie es sie leider recht häufig gab
in der Zeit in der die Franzosen sich untereinander
nicht gut verstanden
Doch heute da sie vereint sind
durch die heiligen Bande des Blutbads
und da die ganze Welt wie sie geworden ist
sehr vorbildhaft sehr heldenhaft sehr tugendhaft
hoffen wir sehr und beten zu Gott
daß wir nie wieder derartig peinliche Dinge erleben
unterm Scheitelkäppchen des Himmels
Kurzum
wozu es verschweigen
diese bedrückende traurige Anekdote
erinnert mich wirklich
an die Zeichnungen von Maurice Henry
der ebenfalls
wie der Kirchenschweizer
doch aus Gründen die erfreulicher und triftiger sind
auf seine Weise
Panik im Zeremoniell verbreitet.

Vergebens

Ein alter Mann mit einem Spielzeugreifen spielend
läuft schreiend durch die Grünanlage
Er brüllt es sei Winter und das Spiel sei vorbei
der Ofen sei aus und der Hahn abgedreht
die Luft sei heraus und die Träume verweht
der Film sei gelaufen und alles zu spät
Vergebens
vergebens
Gute Freunde rufen nach mir die mich hassen und über
mich lachen
alte vollgefressene Freunde die mit der Uhr in der
Hand mich bewachen
sie flehen mich an all das zu begreifen was sie schon
begriffen haben
Vergebens
vergebens
Die wahren Freunde sind samt und sonders mit einem
Schlage gestorben und andere leben noch immer und
halten sich lachend den Bauch
die anderen rufen nach ihnen und sie rufen mich auch
Vergebens
vergebens
Die anderen die schon tot sind obwohl sie noch zu leben
meinen und die Trauer tragen weil sie ihre Kinderträume
beweinen und jene Leute musterhaft tadellos wohlerzogen
in dicht geschlossenen Reihen
die nichts and'res bewegt als einem die Zukunft zu
prophezeien
und die schnurgeraden vorgezeichneten Straßen mit den
Meilensteinen am Rand
die Salzsäule und das zu rettende Vater- und Mutterland
Die Zeit ist gekommen sich seinem Schicksal zu ergeben
Schon sieht man im Park den Wächter das Horn erheben
gleich werden die Tore verrammelt
Die Trommeln eingesammelt
Vergebens
vergebens

Der Park bleibt offen für alle die ihn geliebt.

Seltsame Fremde

Seltsame Fremde

Kabylen von der Porte de la Chapelle und den Quais
von Javel
Menschen aus entlegenen Ländern
Versuchskarnickel aus den Kolonien
sanfte kleine Musikanten
jugendliche Sonnen von der Porte d'Italie
Boumianen von der Porte de Saint-Ouen
Staatenlose von Aubervilliers
die ihr den Müll von Paris verbrennt
die ihr die Tiere verbrühen müßt
die man tot auf den Straßen findet
Tunesier aus Grenelle
angeheuert und gefeuert
arbeits- und hilflose Hilfsarbeiter
Polacken aus dem Marais aus der Temple-Vorstadt
aus der Rue des Rosiers
Schuster aus Córdoba Kohlentrimmer aus Barcelona
Fischer von den Balearen und vom Cap Finisterre
die ihr Franco überlebt habt
und aus Frankreich und Navarra deportiert worden seid
weil ihr eingedenk eurer eig'nen
die Freiheit der andern verteidigt habt

Schwarze Sklaven aus Fréjus
herumgeschubst und zusammengepfercht
am Ufer eines kleinen Meers
in dem ihr selten badet
Schwarze Sklaven aus Fréjus
die ihr Abend für Abend
in den Arrestlokalen
mit einer alten Zigarrenkiste
und einigen Enden Draht
alle Echos eurer Dörfer beschwört
alle Vögel aus euren Wäldern
und die ihr nur in die Hauptstadt dürft
um im Gleichschritt den Tag der Bastille
den vierzehnten Juli zu feiern

Kinder aus Senegal
expatriiert emigriert und naturalisiert

Kinder aus Indochina
Jongleure mit den harmlosen Messern
die ihr früher auf den Kaffeehausterrassen
hübsche goldene Faltpapierdrachen verkauftet
Zu früh erwachsen gewordene so schnell dahingegangene
Kinder
die ihr heute wieder im eigenen Land
mit dem Gesicht zur Erde schlaft
während Brandbomben eure Reisfelder pflügen
Man hat's euch heimgezahlt
das Kleingeld für euer Goldpapier
man hat sie euch um und um gedreht
eure kleinen Messer im Rücken

Seltsame Fremde

Ihr gehört zur Stadt
gehört zu ihrem Leben
auch wenn ihr schlecht von ihr lebt
auch wenn ihr an ihr zugrundegeht.

Hört ihr
Leute aus Vietnam…[1]

Hört ihr
Hört ihr
hört ihr auf euren Feldern
in euren Bergen in euren Wäldern…

Ja wir hören sie

Diese niederen Wesen
Hafenarbeiter und Fischer Tänzer und Häuserbauer
Gärtner und Leineweber Seefahrer oder Kohlenhauer
Bauern und Hirten Handwerker oder Lastenträger
Kulis und Straßenfeger

Diese niederen Wesen
wußten nur den Haß zu hassen
verachteten nur die Verachtung

Diese niederen Wesen
fürchteten kaum den Tod
derart liebten sie die Liebe
derart lebten sie das Leben
und ihr Leben war manchmal schön wie der Tag
und über die Reisfelder lief das Blut des Mondes
und auch der Tag war schön wie die Nacht

Es gab Hunger und Elend und wenig Lohn
verheerende Fieber und die viel zu harte tägliche Fron

Doch der Tag war schön wie die Nacht
in den Augen der Mädchen tanzte die närrische Sonne
und die Nacht war schön wie der Tag
und der Mond war närrisch er tanzte allein auf dem Meer
die Armut machte sich schön für die Liebe

[1] Dieser Text erschien in der von Jean-Paul Sartre herausgegebenen Dokumentation *L'Affaire Henri Martin*, Paris (Gallimard) 1953 (dt. *Wider das Unrecht. Die Affäre Henri Martin*, Reinbek 1983). Der Matrose Henri Martin, als Angehöriger der Marine 1946/47 im französischen Vietnamkrieg eingesetzt, protestierte ab Juli 1949 öffentlich gegen diese imperialistische Kampagne, wurde deswegen 1950 verhaftet und 1951 von einem Kriegsgericht zu fünf Jahren Zuchthaus verurteilt *(Anm. d. Übers.)*.

Und die Kinder den schlechten Zeiten zum Trotz immer
fröhlich gestimmt
spielten mit den Tieren und machten Jagd auf den Wind

Doch
es gab auch von fernen Küsten hierher verschlagen
die Monopolisten
die aus dem Mutterland die dem Lockruf des Geldes
erlagen
Großhändler Schieber Notabeln und Diplomaten mit
ihren Legionären und Emissären ihren Parlamentären
und Konzessionären
Und dazu Missionare und Hochkommissare
die kamen um ihren niederen Brüdern zu Hilfe zu eilen
die kamen um sie von ihrer Liebe zum Leben zu heilen
dieser alten verrückten schimpflichen Krankheit
Und das alles geschah schon vor langer Zeit
lange vorm Tode von Louis Seize
lange bevor man die Marseillaise
vermarktet und exportiert hat wie Käs'

Und die Armut ward an der Börse notiert
im Schutz und unter der Hut
im Schmutz und unter der Flut von blauweißroten
Fahnen

Und dann kam ein letztesmal noch einmal der Große Krieg
das Neueste von der Hochpfuinanz Lokales von Helden
und Sieg
Da dieser Krieg ein Weltkrieg war
teilten sich deklassierte Franzosen Oberbonzen des
Vietnam
mit den Bandenführern des Reichs der Mitte
nach altüberlieferter Sitte
die Stücke des Kuchens
Fetzen vom Land
mit Zustimmung Seiner Majestät Bao-Dai

Plötzlich aber
werden ihre Papiergeldschiffchen
in die Stromschnellen der Geschichte gerissen
und wie in den Schulbüchern die aus dem Mutterland
importiert worden sind
proklamiert man in Vietnam
die Menschenrechte

Was
diese Leute die unter dem Vorwand sie hätten kaum
was zu fressen Hunger und Elend beklagen
und die einen wenn sie was Besseres kriegen mit neuen
Ford'rungen plagen
wir wissen doch wer dahintersteht
und diesen Leuten den Kopf verdreht

Und die Großen Kautschukbaumpflanzer die hohen
Herrn von der Banque d'Indochine und die Großen
Kohlenhändler aus Tonking
ziehen sogleich an einem Strick und wenden sich an die
Vierte reformierte modernisierte und neo-demokratisierte
Republik
Da
stockt der ältesten Tochter der Kirche
das Blut in den Adern

Ein armer Kapuzinermönch einst großer Admiral
der Galeeren
eilt im Heiltempo übers Meer herbei
und nach der üblichen Litanei
Nehmt hin
Dies ist mein Leib...regiment
Dies ist Ihr Blut
bringt er nach dem kanonischen Recht Haiphong das
Beten bei
Würgeengel verrichten ihr Werk
und häufen Tote zu Berg
Ein schlichtes kleines Gemetzel
Omen und Amen am Himmel
harte doch heilsame Lehre
Und heimwärts fährt die Galeere
nachdem sie ihre schöne geschichtliche Rolle prächtig
gespielt hat
bescheiden zieht der Admiral sich zurück zu seinen
Kapuzineraffen
denn mit Ehre und Ruhm hat er nichts zu schaffen[1]

Und die Zeit sie tut nur als würde sie weitergehen
Gewehr bei Fuß bleibt die Zeit des „Stehengeblieben!" stehen

[1] Admiral Thierry d'Argenlieu, vor dem Zweiten Weltkrieg Abt eines *Karmeliter*-Klosters (deswegen später „der blutige Mönch" genannt), wurde von de Gaulle als Hochkommissar nach Fernost entsandt. Die Bombardierung Haiphongs fand im November 1946 statt *(Anm. d. Übers.)*.

die Zeit der blühenden Kirschenbäume die der Erde
entrissen im Winde verwehen

Und trotz der besorgniserregenden Friedensgefahr
feiern die Piasterschieber
alle Feste ohne eins auszulassen
und Weihnachten und Silvester feiert man wie in der
alten Heimat
in Saigon in Hanoi
und man feiert den Waffenstillstand[1] und die
Befreiung[2]
genau wie den Vierzehnten Juli den Sturm auf die
Bastille
heiter und unbeschwert

Unterdessen werden weit weg von dort Lampions
angezündet
Napalmlampions über ärmlichen Hütten aus Stroh
und vietnamesische Frauen und Männer und Kinder
schlafen mit weit geöffneten Augen auf der verbrannten
Erde
und es ist wie in Oradour
es ist wie in Madagaskar und wie in Guernica
und es ist in kleinerem Rahmen genauso wie in
Hiroshima

Und die Zeit bleibt stehen in Angst und Schrecken
die Zeit des „Stehengeblieben!"
die Zeit der verzweifelten Apathie
und die der finsteren Idiotie
und die große gelbe Arbeiterhand
liebkost betrübt ihre Wälder ihr Land
ihre Reisfelder und ihr Handwerkszeug ihr
ausgehungertes Vieh

Singende Stimmen werden laut

Wir liebten unsere Armut nicht
mit ihr aber konnten wir kämpfen
und wenn sie manchmal die Erde berührte
so konnten wir atmen auf dieser armseligen Erde
Doch ihr

[1] Besiegelte am 22. 6. 1940 die militärische Niederlage Frankreichs im Krieg gegen Hitler-Deutschland *(Anm. d. Übers.)*.
[2] Am 25. 8. 1944 wurde Paris befreit *(Anm. d. Übers.)*.

was habt ihr aus ihr gemacht
Sie war eine schwere Last uns're Armut
ihr wußtet es nur zu gut
und ihr habt sie für euch schon mehr als in Gold
    aufgewogen
Wahnwitzige
habt ihr immer noch nicht genug betrogen

Den Stimmen der gelben Arbeiterschaft
erwiderte eine goldene Stimme
die drohend aus dem Radio dröhnte
und die Hand der Arbeiter schloß sich zur Faust
der mechanische Tod rückte näher

Versteckt aber klar
wurden singende Stimmen laut
Wenn die kleine gelbe Arbeiterhand
und die riesige weiße Hand aus Gold
die Ellbogen auf dem Tisch und die Fäuste geballt
sich begegnen würden
es bliebe nicht lang in der Schwebe
das totenblasse stählerne Händchen[1]
beschmiert mit geronnenem Blut

Und die Goldstimme kreischte
in heiserem zartem gebildetem Ton
Feuer frei
Und die Goldhandmenschen
rekrutiert und zusammengehetzt und soeben erst an
    Land gesetzt
um wieder für Ordnung zu sorgen
attackierten
und bombardierten

Doch
auch die gelbe Arbeiterhand
me-cha-ni-sier-te sich schon
Traurig und ernst doch voller Resignation
wurden singende Stimmen laut

Was sollen wir tun
wir werden maschinell attackiert
sich mit bloßen Händen zu wehren
wäre nicht zivilisiert

[1] Doppelbedeutung: Handschelle (*Anm. d. Übers.*)

wir würden nur wieder als Wilde
als Hinterwäldler traktiert
wir würden weiter diskriminiert

Und der Kaiser Bao-Dai
ging „auf Urlaub“
an die Côte d’Azur
So meldeten die Gazetten seine emsigen fieberhaften
Besuche

Dort unten
im Krieg der Bunker und Bänker
konnten die Expeditionscorpslenker
nicht länger die üblichen Siege melden
und die Helden die armen Statisten des Todes ließen
ihr Leben inmitten von wundervollen Kulissen
Allein die Piasterschmuggelleute
schrien Hurra und machten Beute
Hier schrie man Da capo
anderswo schrie man Genug
wieder woanders schrie man Frieden
während Herren aus der besten Gesellschaft diskret
das Rampenlicht mieden

Das alles waren nicht kleine Fische
und die großen weltweiten Trusts der Monopolisten
versammelten flugs sich um ihre eichenen Tische
und alarmierten sogleich ihre besten Juristen
Ihre fähigsten Praktiker ihre gewieftesten Taktiker
Einer von ihnen
ein hektischer rastloser kleiner Megalomane von
grandioser verbissener Durchschnittlichkeit
der sich im zweiten Weltkrieg auf der blockierten
Straße des Stahls in der Wunde treuhändlerisch mit
Ruhm und and’rem bekleckert hatte
landete in Windeseile in Vietnam
Und in kürzerer Zeit als er kurz darauf brauchte um
es niederzuschreiben
fand er die Lösung zu diesem nicht endenwollenden
Konflikt[1]

[1] Die Rede ist von Paul Reynaud. Sein Artikel, aus dem Prévert zitiert, erschien am 31. 3. 1953 in „Le Figaro“ (*Anm. d. Übers.*).

Um den beklagenswerten und notwendigen Krieg in Vietnam zu beenden oder zu verbessern, genügt es – das ist doch so einfach –, Vietnam in den Krieg hineinzuziehen.

Und diese Lösung zu einer unleugbar zugkräftigen
Parole zusammenfassend die lautet

Männliche Tatkraft und rasches Handeln

klettert er wieder ins Flugzeug
nicht ohne zuvor ein paar äußerst gescheite Hinweise
von sich gegeben zu haben

Franzosen und Vietnamesen ließen sich umbringen, um das Leben und das Vermögen der Leute zu schützen, die unermeßliche Reichtümer anhäuften, um nur von den Chinesen in Saigon und den Vietnamesen in Hanoi zu sprechen, und dies alles auf Kosten des französischen Steuerzahlers.

Demnach gibt es nur eine Lösung: eine eigenständige vietnamesische Armee aufzustellen, die stark genug ist, um die Ordnung wiederherzustellen, denn der Krieg findet in Vietnam (Tonking, Annam, Cochinchina) statt, einem Land mit fünfundzwanzig Millionen Einwohnern. Durch die Schaffung dieser nationalen Armee wird das vietnamesische Volk sich in vollem Maße seiner Unabhängigkeit bewußt werden. Dieser Krieg, in dem es um die Unabhängigkeit Vietnams, um die Freiheiten und das Vermögen der Bürger dieses Landes geht, muß von Vietnam als sein eigener Krieg betrachtet werden. Die Führungsschicht des Landes darf nicht länger in „Wartestellung" verharren in dem Bestreben, sich für den Fall eines möglichen Sieges der Kommunisten nicht zu kompromittieren. Es muß ein Krieg sein, den Vietnam mit Hilfe Frankreichs führt, und nicht ein Krieg, den Frankreich mit Hilfe Vietnams führt.

Zunächst einmal muß eine Geisteshaltung geschaffen werden, und zwar diejenige, die ein alter Fuchs wie Präsident Syngman Rhee in Korea zu schaffen gewußt hat.

Und tiefgreifende Reformen müssen eingeleitet werden.

Warum sitzt in einem von euren Kerkern
und schon seit mehreren Jahren
ein Matrose mit Namen Henri Martin?

1952

Hinaus

Ein Kind geht träumend seines Wegs und lächelnd folgt
ihm sein Traum
Kein Traum so wie später wenn ich 'mal groß bin
nein
ein Traum von heute lebendig und nah wie ein
blühender Baum
Und das Kind rutscht aus und fällt und sein holder
Traum zerschellt und das Kind geht hinkend fort auf
dem Gehsteig am selben Ort bleibt ein kleiner Blutfleck
zurück
Da kommt ein Greis des Wegs einst Kolonialoffizier
sie nennen ihn hier noch immer Major
Er sieht den Fleck er steht davor und ostentativ
gerät er in Wut
Oh Blut
oh Kinderblut
vergeudetes
nutzlos vergossenes Blut
du solltest erst fließen wenn dir die Stunde schlägt
wenn die Trommel sich regt
im Schlachtenglanz
zum Heile deines Vaterlands
Ihm wallt vor Wut sein eig'nes Blut
sein verbittertes Blut
verwittert verwaschen vertrocknet gebleicht in der
Tropenglut
Und
vorschriftsmäßig den Dienstweg einhaltend auf sklerotischem
trikolorebeflaggtem Holzweg erkaltend
sorgt es dafür daß ihm übel wird bevor es
für immer
versiegt
Es folgt eine heftige Drehung der Erde und die Kante
des Gehsteigs auf dem noch die kleine Blutlache liegt
befindet sich plötzlich genau in Höhe des Ohrs des
gefall'nen Majors
Ein Herr der zweifellos etwas Besonderes ist taucht
kurz darauf mit einigen Glasplatten auf und auch er
beugt sich über den Bürgersteig und prüft den Fleck
mit kundiger Hand

Nicht lange danach demonstriert er vor einem erlesenen
Kreis amphiteatralisch die ewige Schönheit der
Rasse die's einem Greis von neunundsechzig Jahren
einem Mann der Kriegskunst gestattet in die
himmlischen Schlachtgefilde zu fahren und dabei letztlich
nur ein ganz klein wenig Blut zu vergießen das bis
aufs Haar wie die wissenschaftliche Prüfung soeben
verrriet dem Blut eines Kindes ähnlich sieht
Da springt in einem unvergeßlichen glühenden Anfall
legitimen überschwenglichen Stolzes ergriffen und
lächelnd weinend sich herzend und applaudierend das
Publikum auf wie *ein* Mann und singt jubilierend die
Marseillaise
Allons enfants de la patrie
zur Schlachtbank wie das liebe Vieh
Und ebenfalls wie *ein* Mann ist einer sitzengeblieben
ein Laborgehilfe der sich im Hörsaal die Zeit vertrieben
Einmütig zeigen alle sofort mit dem Finger auf ihn und
strafen ihn mit vernichtenden Blicken
Verzeihung es schickt sich nicht einzunicken
doch ich langweile mich bei Kriegen und Schlachten
deshalb versteh'n Sie…
Doch ich darf Sie ersuchen mich weiter nicht zu beachten
drum bitte ich Sie nur weiter mit der Autopsie
na los doch allez
allez enfants marchez marchez
damit Vollidioten voll Tollwut ihr Vollblut auf euren
Boden vergießen und eure Posaunen des jüngsten Gerichts
bei der gleichen großen Gelegenheit die Schallmauer
sprengen
Nun ja verzeihen Sie daß ich ohne mein Wissen Ihr
großes Blutbad gestört
Unerhört schreien rings im Kreise die Greise und
schimpflich wird er hinausgeschmissen
Draußen
empfehlen sich Krieg und Tod ihm vergebens
draußen läuft er tagaus tagein
zu seinem gewohnten Stelldichein
Für ihn
ist das Blut
der Herzensbruder des Lebens

So wahr wie im Hinterzimmer des Monds ein Faß mit
Rotwein liegt
So wahr wie auf der Terrasse der Sonne eine Karaffe

mit frischem Wasser steht
So wahr wie in jeder Woge des Meeres eine Blaskapelle
von Fischen spielt

So wahr
wie das Mädchen das stumm auf seinen Kalender starrt
besorgt dem monatlichen Blut entgegenharrt.

Glückliche Völker haben keine Geschichte mehr

(Gastronomie der Zeit)

Früher hatte der große Mann nie eine Minute für sich, pompös-generös schenkt' er all seine Zeit der Geschichte, doch er dachte nicht an die geschichtliche Gleichgültigkeit der Menschen der Nachgeschichte.
Schon morgen spazieren sie durch die Straßen des Lebens, durch die ihrer Städte, und manchmal ist es Paris.
Hin und wieder bleibt ein Passant, der ziemlich passé aussieht, stehen und fragt einen andern Passanten betrübt nach der Zeit.
„Wenn man mich nach Feuer fragt, fragt man mich nach ein ganz klein wenig von meinem Feuer, wenn man mich nach der Uhrzeit fragt, stiehlt man mir ein ganz klein wenig von meiner Zeit", erwidert der andere seufzend.
Verständnisinnige Blicke tauschend, beschließen sie dann, im Wirtshaus Zur Guten Alten Zeit sich gegenseitig einen Schoppen guter Zeit zu spendieren.
Und das Wirtshausschild zeigt einen grimmigen Greis am Steuer einer vorsintflutlichen Mähmaschine von der Farbe eines altertümlichen Leichenwagens.
Und dort, in einem öden Keller, nehmen sie Platz bei den wenigen Gästen: den Stundentrinkern, den Wanduhressern, den noblen Genießern heroischer Chronometer und hierarchischer Abreißkalender.
Sie nehmen sich Zeit und genießen entzückt eine Kuckucksuhr Schwarzwald 1870, ein astronomisches Zifferblatt Golgatha dreiunddreißig nach Christus, eine Schlaguhr Elsässer Beinberge, eine Stoppuhr Waterloo der allerbesten Sorte, eine Eieruhr mit Esaulinsen, eine Wasseruhr Heilige Inquisition im alten Ledertrichter oder auch eine Taschenzwiebel Karl IX. Bartholomäusnacht 1572, einen Wecker Ludwig XVI. Guillotine 93, eine Radiouhr Wilhelm Tell garantiert fetisch-helvetische Belle Epoque.
Und sorgsam sich hütend, die schicksalsschweren Zeiger hinunterzuschlukken, so wie man sich hütet, die Gräten des Fischs, den Rollbratenfaden oder auch die Knöchlein des Hähnchens hinunterzuschlucken, kosten sie pünktlich die köstliche Zeit.
„Und als Dessert? Darf es Ihr letztes Stündlein sein?" erkundigt sich höflich der Kellner.
Sie nicken bedrückt und sinken zu Boden.
Draußen, in einem Garten, so schön wie ein Wald, spielen Kinder am Wildbach, und der Wildbach ergießt sich durch Trümmer, nach deren Namen niemand fragt.

Chanson für euch

für Florence

Schwarzes Haar schwarzes Haar
liebkost von den Wellen
schwarzes Haar schwarzes Haar
vom Winde zerzaust
Dort hinter den Bäumen
wallt der Septembernebel
die Sonne ist eine grüne Zitrone
und die Armut
in ihrem leeren Wagen
von drei viel zu blonden Kindern gezogen
fährt quer durch den Schutt
und entschwindet zum Meer
Schwarzes Haar schwarzes Haar
liebkost von den Wellen
schwarzes Haar schwarzes Haar
vom Winde zerzaust
Mit seinen eisernen Tonnen
seinen Brocken von Stahlbeton
liegt wie ein toter Hund
die Pfoten von sich gestreckt
das Floß der Admiralität
reglos am Kieselstrand
Schwarzes Haar schwarzes Haar
zerzaust von den Wellen
schwarzes Haar schwarzes Haar
vom Winde liebkost
Sonne
grüne Zitrone an der die Zeit verrinnt
die Stimme der Sirene
gehört einem Kind.

Der Museumsbesuch

Im Wachsfigurenmuseum des Erinnerns
betretet zunächst die Galerie der Gescheiterten Pläne
geht dann den Korridor der Guten Vorsätze entlang
steigt schließlich die Treppe der Falschen Wünsche
hinab
und ihr stürzt in die Falltür der Reue
Dort
könnt ihr mit dem kleinen am Eingang gekauften
Souvenirmesser dann
die Kritzeleien des Mißverständnisses
in die Wände einritzen
Doch
über dem Saal der Vergeblichen Guten Taten
tanzt
mit verbundenen Augen
der Seiltänzer Amor
auf dem Drahtseil des nur flüchtig erlebten Glücks
des nie mehr vergessenen Glücks
Und seine Zirkusmusik
dreht ihre zerkratzte abgenutzte erschöpfte doch
hingerissene Grammophonplatte
und die Platte dreht sich wie ein Mond blutrot und
trauernd
freudestrahlend lebendig lächelnd sonnenumglänzt
entzückend und entzückt
Musik des Volkes der Vögel
Musik der Vögel des Volkes
Besucher
lauscht der Musik nicht ohne sie zu hören
leiht nicht nur euer Ohr diesem Klang
sondern *schenkt* es ihm euer Leben lang
damit sie's eines schönen Tages
oder an einem anderen Tag
euch hundertfach vergelten mag
die Musik des Volkes der Vögel der Liebe.

Komisches Haus

Fortsetzungsgeschichte

In einem Zimmer im sechsten Stock
liegt auf dem Tisch eine Muschel
plötzlich beginnt sie zu singen
Der Mann wird wach von dem Meeresrauschen
er sieht die Muschel
er lächelt ihr zu
er will sie in die Hände nehmen
doch die Muschel entflieht
Und sich aufsetzend sieht der Mann
den klingelnden Wecker an
mit seinen Ohren hört er das Rasseln
er schüttelt den Kopf um den Lärm zu verjagen
doch das Läutewerk dieser Leuteschinder hört nicht auf
ihn zu plagen
Der Mann steht auf
er ist splitternackt
ein Mann wie andere auch nur daß er bucklig ist
eine Tatsache die er nie vergißt
Er öffnet das Fenster
er lehnt sich hinaus
er klettert hinüber
er stürzt sich hinab
Mann über Bord
sagt der Hausmeister knapp und fegt die Leiche beiseite
Komisches Haus
Der Briefträger klingelt im Zwischengeschoß
er hat einen Brief in der Hand
die Türe geht auf
ein bärtiger Mann streckt den Kopf heraus
der Brief fliegt davon
Was ist los fragt der Bart- den Briefträger
Nur ein Brief sagt der Brief- zum Bartträger
Geschriebenes vergeht die Worte bleiben
Ach so sagt der bärtige Mann
er schließt die Tür und schläft wieder ein
und sein kleiner Bart liegt auf dem Laken
wie eine dicke Angorakatze
Komisches Haus
Im vierten Stock zum Hof hinaus
ist ein Kind das mit Zündhölzern spielt

und es steckt seinen Vater in Brand
Kurz darauf kommt die Mutter angerannt
Hier riecht's nach verbranntem Gummi
was hast du bloß wieder angestellt
Nichts sagt das Kind ganz unbefangen
Papas Hosenträger haben wohl Feuer gefangen
Wo steckt er bloß wieder der Bösewicht
Ich weiß es nicht sagt das Kind
Die Mutter sucht
und das Kind es tut als suche es mit
Welch sonniges Gemüt
Plötzlich entdeckt die Mutter den vollen Aschenbecher
Ein Irrsinn was dieser Mann so verpafft
das kostet viel Geld und führt zu nichts
Das Kind geht ihr nach in die Küche und gafft
sie öffnet den Eimer den Aschenbecher zu lehr'n
ein köstliches Bild sowas sieht man gern
die Liquidierung des alten Herrn
Das Kind sagt Friede seiner Asche
er schlug mich manchmal mit der Flasche
Was sagst du da
Ich fragte ob ich hinunter darf
Was willst du da fragt die Mutter scharf
'mal seh'n wo Papa so lange bleibt ob er sich im
Tabakladen 'rumtreibt
Dann geh sagt die Mutter
und das Kind springt davon
Es rutscht munter das Treppengeländer hinunter
und verschwindet im Toreingang
Komisches Haus es liegt am Boulevard Pasteur
Und es haust in dem Haus
im dritten Stock zur Straße hinaus
gottesfürchtig
ein Pastor namens Boulevard
Er zahlt seine Miete stets in bar
und züchtet bissige Hunde
Auf einmal klopft's
er öffnet die Tür
schon geht das Geheul wieder los
Komisches Haus
Vor der Tür steht Monsieur Clapotis[1]
ein Mann der viel Unglück erlebt hat
Lautstark fährt er den Pastor an
und der Pastor fährt kleinlaut zurück

[1] zu deutsch: Plätschern (*Anm. d. Übers.*)

Der du mit Vornamen Ernest heißt
der du als Pastor die Leute bescheißt
weshalb züchtest du bissige Hunde
zwingst sie zum Beten zu nächtlicher Stunde
weshalb sprichst du mit ihnen Latein
wo sie viel lieber kläffen möchten
Was fällt dir ein was soll daraus werden
laß ihnen ihren Frieden auf Erden
Und der Pastor möchte was sagen
doch Clapotis sein Nachbar von unten
sieht ihn verächtlich von oben an
Und er brüllt
Hör' auf Mann ich bin im Bild
du führst doch irgendwas im Schild
es gibt Leute die ziehen Kinder auf
andere Hühner und Kühe
und wieder andere die Kuckucksuhr
Doch mit *mir* gib dir keine Mühe
ich sage dir nur
mich legst du nicht auf dein Kreuz
Ich ziehe selber Meerschweinchen auf
mehr Schweinchen als du je sahst
Doch Sie können ruhig alles durchwühlen
alles
alles Herr Pastor
unter Tischen und Betten und Stühlen
denn das ist ja Ihr Job
in inwendigen Sachen 'rumzuwühlen
doch Sie werden sie niemals finden
ich füttere sie mit Löwenzahn
und mit dem Zahn der Zeit
und je mehr ich ihnen die Zähne zeige desto schneller
werden sie groß
und wenn sie dann groß sind verduften sie
verduften wie Kölnisch Wasser
und manchmal nach langem Warten
erhalte ich Ansichtskarten
und die Meerschweinchen sind die Verfasser
Lieber Papa
wir sind noch da Näheres in Kürze
Unterzeichnet Schwein Nummer zwei und Schwein Nummer
drei
Doch Näheres folgt nicht der Briefträger geht bei mir
vorbei
dann steige ich auf den Turm hinauf

und reiße den Mund sperrangelweit auf
und beklage brüllend die Undankbarkeit
und beweine miauend die Einsamkeit
und je lauter ich brülle desto mehr Schweinchen machen sich auf die Beinchen
und fahren hinaus aufs Meerschweinchenmeer
und ich habe keine Meerschweinchen mehr
Doch da wird der Pastor zu einer Trauung gebeten
er entschuldigt sich etwas betreten
wäscht sich die Ohren nimmt seinen Hut und verschwindet
voller Wut bleibt sein Nachbar von unten
der dies Gebaren unmöglich findet
vor der Türe zurück und weint ein paar Stunden
Komisches Haus
Im vierten Stock nicht weit vom Klosett
wohnt die hübsche kleine Georgette
doch ihre Trauung findet nicht statt
und als der Pastor
um die Lippen ein Lächeln mild und matt
die Wohnung betritt
steht er vor jener wahren wächsernen Blässe
von der oft bis zum Exzesse in so vielen Romanen die Rede ist
Wie Schildwachen vor ihrem Schilderhaus
stehen Mutter und Vater
vor ihrer Georgette und starren blicklos zum Fenster hinaus
sie sind weiß wie Kapuzinerpater
und Georgette die noch weißer ist
wiegt im Korb für die Brautgeschenke
einen frisch verstorbenen Säugling
Komisches Haus
Der Mann der aus dem Fenster sprang
auf der Suche nach dem Sirenengesang
war der Vater
das heißt der Mann den das Mädchen liebte
Man rief ihn den Glöckner von Notre-Dame
weil er bucklig war wie ein Eichenstamm
Von Beruf war er Gärtner
so wurde gemunkelt
doch zwischen dem was man munkelt und dem was man weiß
liegen oft Welten
und in diesen Welten lebte der bucklige Mann
Und der Gewitterabend

ein echter Gewitterabend mit Donner und Blitz
der auf die Kirche herniederfuhr
und die Fenster durchschlug und die Kirchenuhr
ohne daß sich der Küster die Finger verbrannte
na der Blitz halt das Gewitter
kein Geistesblitz kein müder Witz
nein einfach nur der blanke Blitz
an jenem Gewitterabend an dem Georgette
ins Zimmer des Buckligen trat
potzplitz was für ein schöner Abend
Bei dem Nachbarn von oben der schon seit langem weiß
der Teufel wohin verschwunden war
rumorte eine pechrabenschwarze Person
die auf dem Grund eines Überseekoffers
in den Untiefen der Behausung
Nachgucken spielte
Und der Bucklige empfing Georgette in der Nacht
so wie man's am Tag mit einem Liebesbrief macht
Er getraute sich nicht sie aufzureißen
Unterdessen
stand zärtlich hinterhältig und wütend
jemand auf dem Treppenabsatz
belauerte den Buckligen und seinen Schatz
und warf durch die Tür die versehentlich nicht ganz
geschlossen war
Georgette begehrliche Blicke zu
schluchzend verschlang er sie fast mit den Augen
Dieser Jemand war Azor
der Musterhund Azor
das Muster der Hunde der Meute des Pastors
der glü-glü der glück-
der glückse- der glückse-
der glückselige Azor
so nannte der große Moralapostel ihn gern
der auch ein großer Sto- Stotterer war vor dem Herrn
und der oft zu verstehen gab
Der glückselige Azor
mäh-mäh
mäh- menschlicher als der mäh-mäh
der menschlichste Mensch
Es fehlt ihm nu- nur
na- natürlich
das gö- gö-
das gö- göttliche
gö- göttliche Wort

Wie hätte er ahnen können
der glückselige Pastor Boulevard
daß der glückselige Azor kreuzunglücklich war
und genau wie der Bucklige
Georgette die Schnucklige
in seinem Herzen trug
in seinem Herzen und noch woanders
Kurzum
die beiden Schmachtenden sanken
schweigend nieder auf zwei Stühle
und tauschten im Dunkel ihre Gefühle
wechselten ihre Gedanken
Oh sagte der Versehrte
wenn ich eine Teekanne hätte Verehrte
und kleine Löffel dazu
dann würde ich Ihnen Tee anbieten
Er blieb an seiner Teekanne hängen
und wagte es nicht das Gespräch auf das Große Thema
zu lenken
doch die Teekanne war nicht vorhanden
so begann das Gespräch zu versanden
Da erzählte er ihr die Geschichte
von einem kleinen buckligen Wichte aus der
Rue Quincampoix
seinem steinalten Erb-Urgroßvater
Man sagt es gibt Krieg mit den Preußen
mögen Sie Tupfenkrawatten
Ich fürchte mich so vor Mäusen
Und *ich* habe Angst vor Ratten
Zufällig ist mein Verlobter
im ganzen Gesicht behaart
tadelt man ihn dann tobt er
entsetzlich so ein Bart
ich werde ihn niemals lieben können
ich hasse Gebrechen aller Art
Oh danke sagt der Bucklige da
Wieso
Nur so
Und er beginnt zu grübeln daß sie's trotz aller
Vorsichtsmaßnahmen
einmal doch erfahren wird
Trotz aller Vorsichtsmaßnahmen
zum Beispiel
daß er sich stets nur von vorne zeigt
dem Hausmeister Geld gibt damit er schweigt

und einen weiten Raglanmantel trägt
nach englischer Mode
Der Bucklige leidet tausend Tode
er möchte ihr sagen Ich hab' einen Buckel
liebe mich trotzdem
liebe mich genauso
liebe mich noch mehr
Doch die Maler schildern auf ihren Bildern
Amor immer als Pausback
selten als Buckel
Ihre Stimme klingt schön sagt Georgette
besonders wenn Sie schweigen
und sie schiebt ihren Stuhl etwas näher heran
Der Stuhl fängt zu quietschen an
ihre Stimme bebt
der Bucklige singt
und ergreift ergriffen ihre Hand
Georgette ich hasse Gebrechen genauso wie Sie
so gut wie heute verstanden wir beide uns nie
Sie berühren sich mit den Händen
und der Blitz der wohl etwas vergessen hat
der Blitz kommt noch einmal zurück
er reißt Georgette im Handumdrehen
die Kleider herab vom Kopf zu den Zehen
und dem Buckligen läßt er von seinen Sachen
nur einen Fetzen gerade genug um den Buckel nicht
    sichtbar zu machen
Und der Krüppel brüllt auf vor Liebesschmerz
Und Azor zerreißt es schier das Herz
Und Monsieur Clapotis kommt über den Flur gerannt
er hält eine Postkarte in der Hand
Meerschweinchen Nummer sechsundachtzig
Komisches Haus
Plötzlich steht wie ein böser Traum
das Maul voller Schaum
voller Knurren und Blumen
Azor vor ihm
und weint
Und mit ihm weint alle Unbill der armen im Regen
    festgenagelten Hunde
Komisches Haus das kann ich euch sagen
Komisches Haus
Der Pastor muß die Trauung vertagen
er muß sich seine Erbauung versagen
Doch die Tür fliegt auf

und stattlich bis zum Scheitel hinauf
tritt der Bräutigam ein elegant und charmant
er hat einen Blumenstrauß in der Hand
doch der ist weit weniger schön als die Hundeblumen
von Azor
Er ist Protestant der bärtige Mann
drum trat er an den Pastor heran
und fragte ihn ob er sie trauen kann
Sie hier versetzt Georgette beklommen
haben Sie meinen Brief nicht bekommen
Geschriebenes vergeht die Worte bleiben
Sie sagten mir früher Ich hab' dich lieb
sagt der Bärtige lebhaft lächelnd
Doch plötzlich sieht er die Mutter den Vater die Wiege
das Kind
ihm zittert der Bart wie bei heftigem Wind
und die Hände werden ihm naß
In dem Brief versetzt Georgette voller Haß
hab' ich gründlich Ihnen die Meinung gegeigt
die Leviten gelesen die Zähne gezeigt
Sehen Sie zu mit all Ihren Augen ob Sie genügend
Augen haben um hinzusehen
da sehen Sie sagt Georgette
auf dem Bett aus silbernen Löffeln
auf dem Lager aus goldenen Uhren
das tote Kindl in seiner Windl
Nicht Sie sind der Vater mein Guter
ich auch nicht
ich bin ja die Mutter
also reden wir nicht mehr darüber
das Kind ist ja ohnehin hinüber
ich lasse es Ihnen als Hochzeitsgeschenk
Doch da fliegt die Tür zum zweiten Mal auf
Komisches Haus
Es ist der Hund ohne Liebesglück
und mit seinem hündischen Blick
überblickt er sofort die Situation
schon fallen die Blumen ihm aus dem Maul
er begreift daß alles im Eimer ist
Und er ist nicht nur außer sich vor Wut
Der Hund von Seinem Fleisch und Blut
er ist auch halb tot vor Eifersucht Liebe und
Herzensnot
Er macht einen mächtigen Satz
und schon beginnt die fröhliche Hatz

Er hat einen Knochen im Maule
doch das Fleisch an dem Knochen erhebt ein Gejaule
denn es gehört dem bärtigen Mann
Es hängt fest an dem Knochen dran
Er weiß nicht wie dieser Knochen heißt
der bärtige Mann
doch er weiß daß er ihm nur gehören kann
ein Knochen von seinem eig'nen Gebein
ein Knochen in seinem Hosenbein
und der Knochen knackt
und mit ihm knackt auch das Fleisch
sogar der Kopf des Bärtigen knackt
Und da geht es schon wieder los
das Geheul
Komisches Haus
Azor sei brav
ruft der Pastor scharf und zieht den Hund an den
Hammelbeinen
du bringst ja den lieben Gott zum Weinen
Doch für Azor ist der liebe Gott
nichts als ein Name Schall und Rauch
Für mich übrigens auch
fällt der Briefträger ein
und lächelnd kommt er zur Tür herein
Den Brief den habe ich wiedergefunden
Er hält ihn hoch und zeigt ihn dem Mädel
die Mütze behält er auf seinem Schädel
Doch Georgette hat sich sacht
aus dem Staub gemacht
Sie stürmt die Treppe hinauf
sie reißt die Tür zu dem Zimmer auf
in dem der entleibte Geliebte lebte
Und der Wecker
der Wecker ihres Geliebten
läutet ihr zärtlich die letzte Stunde
Denn auch sie springt hinab in ein frühes Grab
Herz über Bord sagt der Hausmeister knapp
und fegt die Leiche beiseite
Plötzlich verdoppeln sich Heulen und Weinen
der Pastor mit seinen Spinnenbeinen
stakt auf dem Hof herum
und bellt den Mond und die Sterne an und jammert
und klagt
Und der Hausmeister sagt
Jetzt wird's mir allmählich zu dumm

die kommen noch alle an Tollwut um
Komisches Haus
wenn das so weitergeht ziehe ich aus.

Herzensergießungen eines zum Tode Verurteilten

Warum man mich einen Kopf kürzer gemacht hat?
Ich kann jetzt darüber reden, alles verblaßt mit der Zeit.
Es war ja so einfach, wirklich.
Ich war zu einer Abendgesellschaft bei Freunden gegangen, doch es war sehr voll, und ich langweilte mich. Ich war damals ein wenig melancholisch und bekam leicht Kopfweh.
Die Feststimmung machte mich eher gereizt und müde. Ich verabschiedete mich. Die Hausherrin teilte mir mit, die Treppenbeleuchtung gehe nicht an, und auch der Aufzug sei defekt.
„Ich mach' Ihnen gerne ein wenig Licht. Warten Sie, ich bin gleich wieder zurück."
„Licht? Oh, Sie scherzen", erwiderte ich, „ich bin wie die Katzen, ich sehe nachts ausgezeichnet."
„Habt ihr gehört", rief die Frau zu ihren Bekannten hinüber, „er ist wie die Katzen, das ist ja herrlich, er sieht nachts ausgezeichnet."
Warum nur hatte ich das gesagt? Eine Redensart, eine höfliche Floskel, die geistreich und lässig sein sollte.
Mühsam begann ich, die ersten Stufen hinunterzusteigen, und die kleinen Stangen aus Kupfer, an denen der Teppich befestigt war, machten bei meinen schlurfenden Schritten ein sonderbares Geräusch.
Es war so stockdunkel um mich her, daß ich Lust hatte, wieder hinaufzugeben und zu rufen.
Ich kramte zunächst in meinen Taschen, doch vergebens: ich konnte kein Zündholz finden.
Ich setzte mich hin und dachte nach, worüber weiß ich nicht mehr, ich hoffte vielleicht, mir käme jemand zu Hilfe, ohne natürlich zu wissen oder zu ahnen, daß ich Hilfe brauchte.
Als ich mich mühsam wieder erhob und das Treppengeländer nicht finden konnte, stieß ich heftig an eine Wand und begann, aus der Nase zu bluten.
Ich suchte nach einem Taschentuch und fand so endlich die Zündholzschachtel, die unglückseligerweise jedoch nur ein einziges Zündholz enthielt.
Ich riß es mit äußerster Vorsicht an und erblickte zunächst, als ich abermals das Geländer suchte, in einem Spiegel auf dem Treppenabsatz der Etage, auf der ich steh'ngeblieben war, mein blutverschmiertes Gesicht.
Und dann war's wieder dunkel.
Allmählich wurde ich ratlos.
Plötzlich, als ich ziellos tastend die Hand ausstreckte, berührte ich eine Schlange, die sofort zu kriechen begann.
Ein reizender Abend.
Doch die Schlange war nur das Treppengeländer, das ich glücklich wieder erta-

stet hatte und das sanft unter meiner Hand dahinglitt, mit der ich gerade mein so blödsinnig blutverschmiertes Gesicht abgewischt hatte.
Dann begann ich zu lachen: ich war gerettet.
Und wie ich so guter Dinge, doch vorsichtig weiter die Treppe hinabstieg, wurde ich plötzlich von jemandem oder von etwas über den Haufen gerannt, der oder das genauso wie ich, doch in Windeseile, begleitet von einer kleinen Flamme, vermutlich der eines Feuerzeugs, die Treppe hinunterstürmte.
Ich rappelte mich ein zweites Mal auf und, beide Hände von mir gestreckt, tappte ich weiter durchs Dunkel.
Diese beiden Hände berührten die Wand, und die Wand gab nach...
Es war nicht die Wand, es war eine angelehnte Tür.
Plötzlich Licht und Musik, die von den höher gelegenen Stockwerken kamen! Zweifellos Gäste, die nun gleichfalls die Treppe herunterkamen und denen die Gastgeberin mit einem Kerzenleuchter den Weg nach unten erhellte.
Ich wußte wahrhaftig nicht wohin, und das sag' ich nicht bloß so daher; so benutzte ich diese Tür als Versteck und drang in das hinter ihr liegende Zimmer, als ich im heller werdenden Licht plötzlich einen vor mir am Boden liegenden Körper entdeckte.
Es war der Körper von Antoinette.
Da lag sie, die Augen weit geöffnet und die Kehle dazu.
Antoinette, mit der ich so lange zusammengelebt und die mich vorigen Monat verlassen hatte.
Antoinette, die ich angefleht hatte, angefleht und sogar bedroht.
Unwillkürlich entfuhr mir ein Schrei.
Ein Schrei des Entsetzens und tiefster Bestürzung.
Die Gastgeberin und die Gäste stürzen herbei, Türen werden aufgerissen, ihr Licht vermischt sich mit anderen Lichtern, das andere Mieter bringen, schon ausgekleidet, verängstigt und leichenblaß.
Viel Zeit war verstrichen, seit ich die Abendgesellschaft verlassen, und da stand ich nun, stumm und blutbefleckt, verstört wie in den übelsten Horrorgeschichten.
Neben dem Körper meiner verlorenen und – in ach welchem Zustand – wiedergefundenen Freundin blitzte auf dem Parkettfußboden wie ein Stück Mond am bestirnten Himmel ein Messer.
In jeder zitternden Hand ein flackerndes Licht.
Unerklärlich oder nur allzu leicht zu erklären.
Sie können sich den Prozeß vorstellen: das abgelehnte Berufungsverfahren, das Henkersmahl, das zum Küssen hingehaltene Kreuz und – erneut wie ein Mond – das stählerne Fallbeil.
Was soll man da machen, versetzen Sie sich in meine Lage. Was hätt' ich denn sagen, was hätt' ich erzählen sollen? Ich hatte halt eine zu üble Viertelstunde in der öden Finsternis dieses stockdunklen Treppenhauses verbracht, und ich war so wahnwitzig unvorsichtig gewesen zu behaupten: ich sehe nachts ausgezeichnet, ich bin wie die Katzen.
Wer hätte mir da schon geglaubt und mich nicht schallend ausgelacht?

Ja, ich bin sicher, man hätte auf Jahre hinaus ein Kesseltreiben des Spotts entfacht.
Da hab' ich lieber den Mund gehalten, damit niemand sich über mich lustig macht.

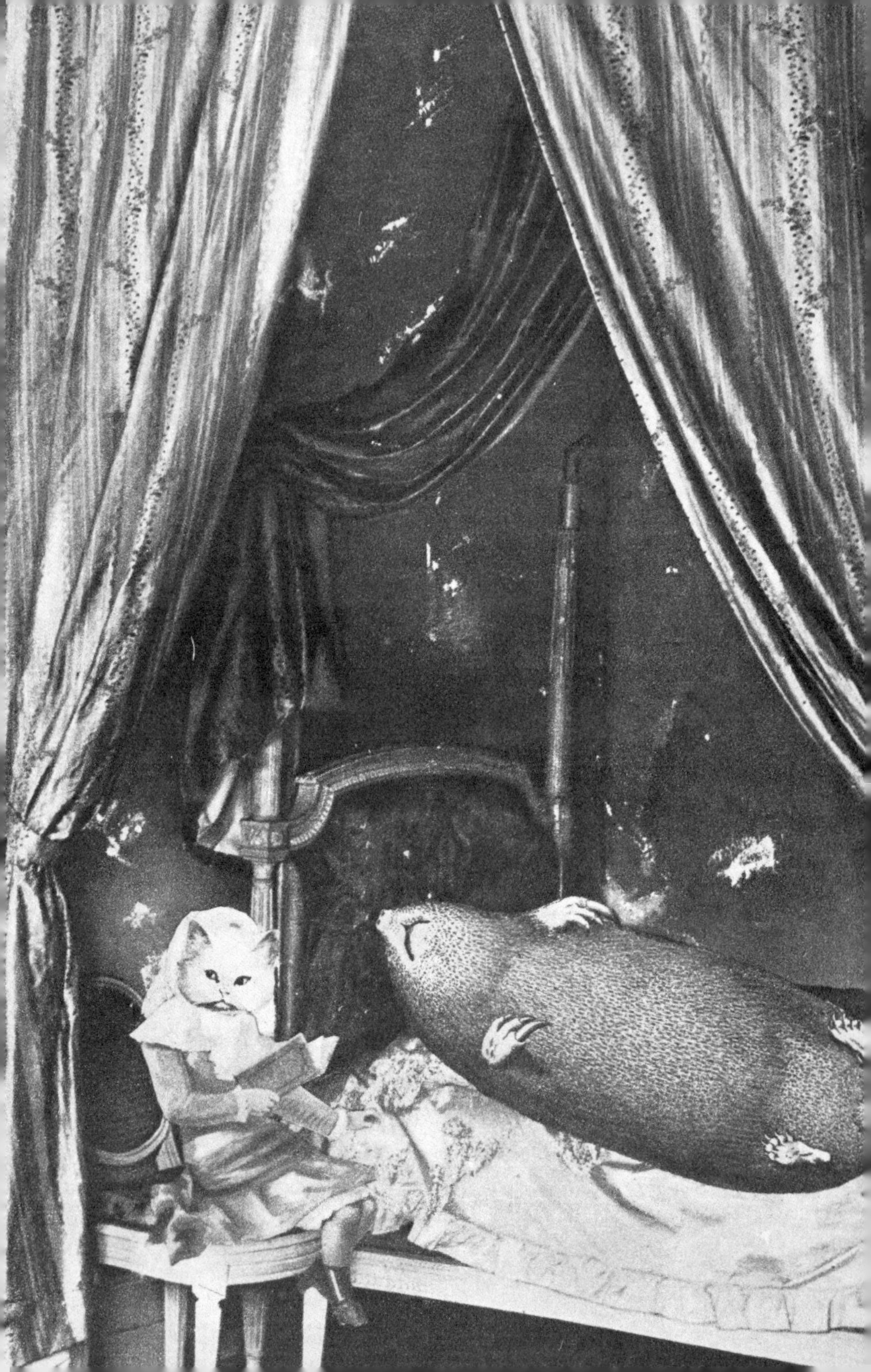

Für Alphonse Allais[1]

In jener Zeit herrschte Frieden im Land das
heißt der Krieg war woanders entbrannt und das
Leben der Ärmsten besaß seinen Wert
Das Brot schmeckte nach Brot
der Wein schmeckte nach Wein
und die Traurigkeit schmeckte zuweilen noch nach
Lachen
Die Geschwindigkeit war noch neu und friedlich
große vor die Pferdebahnomnibusse gespannte
Pferdestärken fuhren emsig von Honfleur nach Paris
von Paris nach Honfleur
In jener Zeit trieb Alphonse Allais sein Spiel mit dem
Leben wie die Katz' mit der Maus und das Leben spielte
mit ihm wie das Hundeasyl mit dem Hund das Rattengift
mit den Ratten der Soldat mit dem Leben
Alphonse Allais trieb sein Spiel mit dem Leben
wie die Kindheit mit der Idiotie
An seiner Wiege hatte die Fee von Honfleur ihn
zeremoniös gefragt
Wirst du auch ernst sein
Alphonse Allais
Niemals Madame
niemals
hatte darauf das Kind zu der Fee gesagt
Das ist schlimm sehr schlimm mußt du wissen
hatte die Fee ihm erwidert und wütend die Tür
zugeschmissen
Ich weiß
ich weiß liebe Fee doch das bleibt mir gestohlen
der liebe Gott soll Sie holen
Ja das Kind es wußte Bescheid
Ein wenig später als junger Bursche zwischen all den
bunten Kolben und Gläsern der Apotheke in Honfleur
lachte er den Leuten ins Fäustchen
und als diese wohlerzogenen konformistischen Leute
zornig die Fäuste ballten und bellten
da schüttelte ihn ein irres Lachen
und es trug ihn samt seinen Siebensachen

[1] Alphonse Allais (1854 Honfleur-1905 Paris) gilt vielen als der bedeutendste französische Humorist, und zwar nicht nur der Belle Epoque. Prévert mag ihn – nicht zu Unrecht – als einen Lehrmeister betrachtet haben *(Anm. d. Übers.)*.

direkt zur Gare Saint-Lazare in Paris wo ihn das Mannesalter willkommen hieß

Reisen
Leiden Belustigungen
Pariser Strände bei Nacht
die Erinnerungsnetze trockneten auf den Café-Terrassen
und das alte Kind aus der Apotheke
entwarf im Sand
im feuchten Sägemehl
mit seiner Spazierstockspitze
die Pläne zu einer drolligen grausamen wahren Welt
zu einer gepfefferten Welt
zur Welt Alphonse Allais' dieser kleinen zärtlich-ungezügelten Welt mit ihrer gebündelten Logik die nie auf die Nase fällt
Kaum gehört kaum erlauscht begleitet sie die Musik eines gewissen Erik Satie[1]
Zeichnen auch wir
in den feuchten Sand
entwerfen auch wir mit Freundeshand
ein momenthaftes Monument für Alphonse Allais
wie ein Kreidefelsen
zur Erinn'rung ans Meer
aufs Schiefertäfelchen eines Cafés gemalt
Errichten wir dies Monument zur Erinnerung an Alphonse Allais
den netten Käfigjungen der großen Menagerie
in der sich die gelehrten gebildeten Menschentiere besessen
mit karitativ-kariösen Zähnen zerfleischen und fressen
Ein akrobatisches Jahrmarktsdenkmal bei dem jeder Akrobat mit gebührender Perfektion ein Stück der Allais zu Ehren errichteten Menschenpyramide verkörpert

Erster Akrobat:	die Rippe Adams
zweiter Akrobat (kleiner):	der Adamsapfel
dritter:	der Schenkel Jupiters
vierter:	die Achillesferse
fünfter:	die Rute Moses'
sechster:	die Fußfessel der Venus
siebter:	die Leber des Prometheus
achter:	das eilige Herz Jesu

[1] Der Komponist Erik Satie (1866-1925) arbeitete 1890 als Pianist in dem Kabarett „Le Chat Noir", in dem Allais als Satiriker tätig war *(Anm. d. Übers.)*.

neunter: das Haupt der Medusa
zehnter: die Ohren des Midas
elfter: die Zunge Äsops
zwölfter: die Nase Kleopatras
dreizehnter: der Schwanz Luzifers
vierzehnter: der Finger Gottes

Durch diesen zappelnden drohenden Finger bekommt das
gesamte Denkmal ein kleines falsches Perpetuum mobile
Am Ende von diesem Varieté hüpft alles zu Boden
stiebt auseinander und brüllt mit aller Gewalt
und das alles noch immer von Erik Satie'scher Musik
untermalt

Und wir werden inmitten der Zuschauermenge Jack
the Ripper erkennen Iwan den Schrecklichen
Bernhard den Krebs Wilhelm den Schweigsamen
Ludwig den Frommen Alexander den Großen
Karl den Kühnen Roger la Honte Raymond la Science
Pierrot des Grandes Feuilles Robert le Pieux
Rosa die Rose Jalma la Double Montluc le Rouge
Valentin den Entbeinten Fanfan den Husar
Laniel le Boeuf und Olivier le Daim
Nepp-Poléon den erstbesten Sepp-Poléon den entzweiten
Depp-Poléon den Adretten und so weiter und so fort.[1]

[1] Prévert nennt in einem Atemzug gekrönte Häupter, in Frankreich populäre Verbrecher und Gauner (Roger la Honte, Raymond la Science) und andere volkstümliche „Helden" *(Anm. d. Übers.)*.

So viele Wälder

So viele Wälder der Erde entrissen
und abgewrackt
in Stücke gehackt
durch Rotationsmaschinen gejagt
So viele Wälder dem Papierbrei geopfert
der Milliarden Zeitungen die Jahr für Jahre ihrer
Leserschaft die Gefahren des Raubbaus an Bäumen und Wäldern vor Augen halten.

Kindheit in der Dritten Republik

Als ich klein war, in der Zeit der Dritten Republik, hab' ich im vierten Stock eines Hauses im neunzehnten Arrondissement gewohnt.
Wasser gab's auf dem Treppenabsatz, manchmal wurde das Gas gesperrt, und häufig klopften, ihr kleines Tintenfaß befingernd, die Kassierer der Säerin an die Tür, doch draußen im Hof und auf der Straße war immer jemand, der musizierte, war immer jemand, der sang.
Es war schön.
Fenster sprangen auf, ein Hagel von Sousstücken, in Papier eingeschlagen, prasselte auf das Pflaster und tanzte.
Natürlich hatte die Opéra, ebenso wie die Große Armee, seit langem schon ihre eig'ne Avenue, das Chanson aber hatte sämtliche Straßen für sich, die verliebtesten und die strahlendsten wie auch die abgerissensten, die schlüpfrigsten und die am stiefmütterlichsten behandelten und ebenso die lustigsten und die den heitersten Glanz verströmten.
Heute haben die Straßensänger Auftrittsverbot, aber hier und da erheben sich noch, Oasen von widerspenstigem Stein und wurmzerfressenem Holz, von Großstadtvögeln und stadtgezüchteten Blumen, störrisch und unangetastet, die prächtigen Kulissen des Feendramas der Straßen.
Und wie der Ruf der mit Messern in Mauern geritzten Herzen, in denen sich die Vornamen der Liebe ineinanderschlingen, so ertönt wie am schönsten von allen vergangenen Tagen im Chor das heimliche Lied der Straßen.
Lieder der Rue de la Lune, der Rue du Soleil und der Rue du Jour.
Kehrreime der Passage des Eaux,
der Rue de la Source, der Rue des Cascades,
der Rue du Ruisseau
und der Impasse Jouvence und der Rue Fontaine
und der Rue des Dessous des Berges
und der Rue Grenier sur l'Eau
und der Rue des Ecluses und der Rue des Etuves
Saint-Martin
und der Rue de la Grosse Bouteille
der Rue de l'Abreuvoir, der Rue du Réservoir
und der Rue des Partants und der Rue du Repos.

Tanzweisen der Place des Fêtes, der Rue des Fillettes
und der Rue des Ecoliers,
der Rue des Alouettes, der Rue de la Colombe,
der Rue des Annelets.

Abzählverse der Rue du Renard und der Rue aux Ours
und der Rue des Lions,
der Cité Jonas und der Impasse de la Baleine.

Liebeslieder der Passage des Soupirs und der Passage
Désir und der Impasse des Souhaits und der Impasse
Monplaisir und der Impasse de l'Avenir.

Gassenhauer der Rue Bleue, der Passage d'Enfer und
der Rue de Paradis.

Litaneien der Rue Dieu,
der Impasse des Prêtres, der Rue Pirouette und der
Rue de l'Ancienne Comédie.

Moritaten der Rue du Chevalier de la Barre
und der Rue Etienne Dolet
und der Rue Francisco Ferrer,
der Rue Sacco et Vanzetti in Bagnolet.

Melancholische Weisen der Rue des Brouillards und
der Rue du Roi Doré,
der Rue Simon Le Franc und der Rue Aubry le Boucher
durch die einst Liabeuf der Kleine Schuster tollte
dessen Kopf eines schönen Tages die Stufen des Palastes
herunterrollte.[1]

[1] Anspielung auf das berühmte Volkslied *Aux marches du palais* (Auf den Stufen des Palastes), das von der Liebesromanze eines „kleinen Schusters" erzählt. – Die von Prévert aufgezählten Straßennamen gibt es heute noch in Paris (Straße des Mondes, der Sonne, des Tages..., Passage der Seufzer, des Verlangens, der Wünsche..., Gottstraße, Sackgasse der Priester, Straße der Alten Komödie usw.) *(Anm. d. Übers.)*.

Reisen

Auch ich habe
wie die Maler
meine Modelle

Eines Tags
es ist eine Weile her
stand ich auf einer Autobusplattform
und sah mir die Frauen an
die ausstiegen in der Rue d'Amsterdam
Durch die Scheibe des Busses
entdeckte ich plötzlich eine
die ich nicht hatte zusteigen sehen
Sie saß da allein und schien zu lächeln
Auf der Stelle gefiel sie mir ungeheuer
doch im selben Augenblick
merkte ich dann es war meine eigene Frau
Ich war zufrieden.

Wenn das Leben ein Halsband ist
ist jeder Tag eine Perle
Wenn das Leben ein Käfig ist
ist jeder Tag eine Träne
Wenn das Leben ein Wald ist
ist jeder Tag ein Baum
Wenn das Leben ein Baum ist
ist jeder Tag ein Zweig
Wenn das Leben ein Zweig ist
ist jeder Tag ein Blatt

Wenn das Leben das Meer ist
ist jeder Tag eine Welle
jede Welle ein Klageruf
ein Lied ein Erschauern
Wenn das Leben ein Spiel ist
ist jeder Tag eine Karte
Kreuz oder Karo
Pik oder Mißgeschick
Und wenn es das Glück ist
sind die Karten der Liebe
der Arsch und das Herz.

Wie käme uns das doch schwammig vor
substanzlos und inhaltsleer
eines Lebenden Kopf
wenn darin nicht ein Totenkopf wär'.

Es war im Sommer

In seinen zärtlichen Händen
unter meinem gerafften Rock
war ich nackt wie noch nie
Mein blutjunger Leib
stand gänzlich in Flammen
vom Haar meines Kopfs
bis hinab zu den Zehen
Ich war eine Quelle aus siedendem Blut
sie wies seiner Wünschelrute den Weg
Wir taten das Schlechte
und das Schlechte tat gut.

Gottesfurcht

Ich habe stets Gott gefürchtet... gefürchtet wie die Pest, und ganz vergebens haben seine Emissäre, seine Parlamentäre, seine Priester, seine Gewissensprüfer, seine Seelenmasseure, seine geistigen Vorkauer sich abgeplagt, mich zu retten.

Selbst als ganz kleiner Junge war ich schon groß genug, um mich selber zu retten (vor ihnen), sobald ich sie kommen sah.

Ich wußte, wohin ich zu laufen hatte: hinaus auf die Straßen; und wenn es ihnen bisweilen gelang, mich wieder einzuholen, dann brauchte ich nicht 'mal den Kopf zu schütteln, es genügte, daß ich sie ansah, um nein zu sagen.

Manchmal jedoch entgegnete ich ihnen: „Das stimmt nicht!"

Und ich ging meines Wegs, dorthin, wo mir's gefiel, wo schönes Wetter war, selbst wenn es regnete, und wenn sie dann ab und zu wiederkamen mit ihrem Schlüsselbund voller Schlüsselwörter, mit ihren Vorhängeschlössern für die Gedanken, die Erklärer des Unerklärbaren, die Widerleger des Unwiderlegbaren, die Leugner des Unleugbaren, dann lächelte ich und wiederholte: „Das stimmt nicht!" und „Das stimmt ganz bestimmt nicht!"

Und als sie mir dann für die Binsenwahrheiten, die ich ihren uralten Lügen entgegenhielt, eine *Sechs* verpaßten, fühlte ich mich im *siebten* Himmel und gab gut *acht*, dort keinem dieser *Neun*malklugen zu begegnen.

Kann man je wissen?

Sie sagen sie wüßten immer Bescheid
Sie sagen die Erde der Mond das All die Unendlichkeit
das Gute das Böse der Ursprung des Lebens
Sie sagen das alles als wäre es nichts
doch wenn sie die Furcht vor dem Nichtverstehen
    ergreift
ergreifen sie voller Angst die Flucht
und die Angst setzt mit starkem Gestampf
den Bummelzug ihrer Ideen unter Gegendampf
Dann zieh'n sie mit aller Gewalt
an der Bremse und machen halt
am nächsten Bahnhof schon
an der nächsten Dorfstation
Und es ist immer derselbe Fahrplan dort dieselbe
    Erfahrung: Entsetzen vor der Leere ihrer Lehre
Und sie tanken sich voll mit göttlichem Sprit
fassen alsbald schon wieder Tritt
rasen weiter mit immer größ'rer Geschwindigkeit
und kommen doch immer weniger weit.

Unversehens

Auch ich bin ein Männchensohn
als ich zur Welt kam war meine Mutter nicht da
Wo steckte sie bloß?
Auf dem Markt vielleicht oder nebenan bei der Alten
dort ging sie gern hin um ein Schwätzchen zu halten
Während sie fort war tat mein Vater das Männchenmögliche
um das Notwendige zu tun
und er hat viel gelitten will mir scheinen
Doch soll ich ihn deshalb beweinen?
So viele haben schon vor ihm gelitten und seither unter
    Pontius Pilatus Napoléon Bonaparte Cesare Borgia
    Stalin Franco Salazar Luther oder Adolf Hitler.

Das Haus des Verbrechens

Vor dem Haus ein Blinder mit seinem Hund.
Der Bettler hört einen Schrei, doch er achtet nicht weiter darauf.
Ein Mann kommt aus dem Haus, er trägt einen Koffer und sieht sich nach allen Seiten um.
Die Straße ist leer, nur der Bettler.
Der Mann sieht ihn an, er schüttelt bedauernd den Kopf und wirft eine ganze Handvoll Dollars in den Hut des Blinden.
Am nächsten Tage rings um das Haus ein Kommen und Gehen von Polizisten; sie bemühen sich, nicht gesehen zu werden.
Einer von ihnen orakelt: „Der Mörder kommt immer zum Ort seiner Untat zurück."
Ein anderer: „Warten wir's ab."
Der Blinde kommt wieder daher und stellt sich mit seinem Hund vor das Haus.
Die Polizisten achten zunächst nicht weiter auf ihn, doch als einer von ihnen zu ihm geht, entdeckt er auf einmal in seinem Hut blutverschmierte Dollarnoten.
Der erste Polizist: „Was hab' ich gesagt, er kommt immer zurück!"

Nicht lange danach sitzt der Blinde auf dem elektrischen Stuhl und daneben der Hund.
Auf einem Klappsitz.

Moraldram

Keinen Widerspruch duldend, redet auf seinem Predigtstuhl ein Kerzengerader zu Sitzenden auf ihren Kirchenstühlen.

Und es ist immer dasselbe Verbrechen aus Leidenschaft, dieselbe Lokalepos-Posse mit den Nägeln, dem Kreuz, den Dornen, dem Schwamm, dem Essig, den heiligen Weibern, dem guten und dem bösen Gangster, dem tückischen Verräter, dem Donner und den Blitzen.

Die Sitzenden hören ihm zu mit einer Engelsgeduld, doch auf den Fliesen quietschende Stuhlbeine zeigen, daß zugleich eine Teufelsungeduld sie erfaßt.

Der Bericht von der Marter erscheint ihnen spannend wie ein Beruhigungsmittel, er kommt ihnen länger vor als die Marter selbst.

Sie kennen die Story und wissen, daß „alles gut ausgeht, weil der Held am Schluß wiederaufersteht“.

Die Belle Epoque

Das war die schöne Zeit, in der der Erwachsene noch völlig im Lot war, und wenn er Blei in den Kopf des Kindes stopfte, so geschah dies, damit das Kind sich daran gewöhnte, später auch in alle möglichen andern Stellen des Körpers Blei gepumpt zu bekommen.
Es war eine glückliche, noch ein wenig handwerklich orientierte Zeit, in der in den kleinen Süßwarenläden der einfache Arbeitsmann die mißglückten Mandelbonbons auflutschte, um die Mandeln nicht verkommen zu lassen, während in Zeiten des Krieges auf den Schlachtfeldern Altmetallhändler das Gold der Zähne der Toten oder das Blei der Kugeln zu retten versuchten, um es zu einem guten Preis an die Hersteller von Bleisoldaten zu verkaufen. Heute ist es Napalm, was der Erwachsene in den Kopf der Kinder stopft, und man wundert sich, daß er sich wundert, wenn das Kind, noch bevor es ein Teenager ist, schon Molotow-Cocktails bastelt.

Mai 68

I

Wir schließen!
Schrei des Herzens der Wärter im Musentempel im
Musentümpel der hehren Kunst der Herrenkunst
Schrei des Herzens das man verpflanzen
wieder zurechtflicken muß
Schrei eines kraftlos gewordenen Herzens
Wir schließen!
Wir schließen die Cinemathek versperren die
Nationalbibliothek
Wir schließen!
Die Hoffnung wird verriegelt
die Gedanken werden versiegelt
Wir schließen!
Das O.R.T.F. wird zugemacht
der Wahrheit der Prozeß gemacht
die Jugend zum Schweigen gebracht
Wir schließen!
Wenn unterm Zwang der Gegebenheiten
die Jugend frech das Maul aufreißt
dann wird's ihr einfach zugeschweißt
unterm Zwang der Ordnungskräfte
Wir schließen!
Die Jugend jedoch die am Boden liegt
zusammengeknüppelt und gehetzt
getreten und unter Gas gesetzt
die Jugend siegt
sie steht wieder auf um die großen off'nen Türen
einzurennen
die Türen zu einer Vergangenheit
die verlogen ist seit langer Zeit
Wir öffnen!
Wir öffnen und lassen das Leben herein
die Verbundenheit aller wird allgemein
und die Freiheit bei klarem Verstand sein.

II

Manche regen sich auf, weil das Odéon-Theater besetzt ist, und finden es gleichzeitig immer noch völlig natürlich, daß ein Schauspieler seit vielen Jahren ganz allein die Tragi-Comédie Française besetzt hält, um in geschlossener Nachmittags-, Abend- und Spätvorstellung die Rolle seines Lebens zu spielen, den Schicksalsmann, Held eines uralten Dramas aus dem Weltrepertoire: Die Alte Leier.[1]

[1] Bedarf es des Hinweises, daß hier von General de Gaulle die Rede ist? (*Anm. d. Übers.*)

„Renault an die Arbeit“ (31. Mai 68)

Ekliger kann man nicht brüllen
tiefer kann man nicht sinken
Renault au boulot!
Renault an die Arbeit
Erbärmliches Schlagwort unverhüllt
auf den Champs-Elysée[1] hinausgebrüllt.
Renault au boulot!
Renault an die Arbeit!
Frankreich den Franzosen!
Blauweißrotes Gebrüll
patriarschallend und schrill
Gegröle von blauem Blut
von weißem Terror
von roter verdrängter Scham.
Renault an die Arbeit!
Renault au boulot!
Proleten ans Fließband
Arbeitslose ins Unglück wie Hunde an die Kette
Bergarbeiter ins Elend
Kumpel ins Grubengas
Kanaken als Rattenfraß!

Und wir unter uns
bei uns
bei ihnen
bei euch.

[1] Dort pflegt das konservative Bürgertum zu demonstrieren (*Anm. d. Übers.*).

Wider Willen…

Wider Willen in die Ideenfabrik geschickt
hab' ich nie eine Stempeluhr gedrückt
Desgleichen für die Ideenarmee rekrutiert
bin ich bald desertiert
Ich habe nie groß was begriffen
Doch was Großes oder was Kleines
das gibt's nicht
Es gibt nur *was and're*s

Was and'res
das ist's was mir Spaß macht und was ich mag
und was ich auch tue, jeden Tag.

In vino veritas

Wahrlich
ich sage euch
ich am Kreuz werde höher sein
als die Wahrheit tief ist in ihrem Brunnen
und ihr alle
werdet gezwungen sein
das böse Blut zu trinken
das ich dahingegeben habe
um euch das Leben zu vermiesen
und ihr werdet erstarrt
am Brunnenrand stehen
und vor Durst mit den Zähnen knirschen
doch ihr werdet nicht wagen Kette und Eimer
    zum Knirschen zu bringen.

Huldigung ans Bett

Nie wird es je genannt
in ihren langen Litaneien
immer wird es verbannt
aus ihren frommen Faseleien
Stets nur der Heilige Tisch
stets nur der Heilige Stuhl
vom heiligen Bett kein Sterbenswörtchen
im Immobiliar
Ihrer gottesfürchtigen Örtchen

Oh süßer Schatz
das Bett ist unser Lieblingsplatz
dank ihm kam die Liebe immer schon
mit zwei hübschen blauen Augen davon

Die gute junge Zeit

Die Flüsse waren klar
das Meer war sauber
das Brot war köstlich
die Jahreszeiten jahreszeitlich
die Kriege vergessen
und die Liebe wurde geliebt.

Kaum war der Krieg erklärt
da hab' ich meinen Mut
in beide Hände genommmen
und hab' ihn erwürgt.

Und Gott
sprach
als er Adam und Eva ertappte
Macht nur weiter ich bitte euch
laßt euch von mir nicht stören
Tut einfach so als gäb' es mich nicht.

Gott schuf den Menschen
nach seinem Bilde
Die Exhibitionisten
bezeugen ihm Dank für sein Werk.

Der Wahn der Zeit

… und beinahe all dies passierte heute, das heißt, wie immer, in jener Zeit.
Und alle rannten dem hinterher, der da rief: „Voran!“
Und dann auf einmal, es war und ist nicht heute, gestern abend oder morgen früh gewesen, hörte man einen anderen Ruf:
„Hintan!“
Es war, aus einer ganz anderen Art von Raumsackgasse tönend[1], eine Kinderstimme, die fröhliche, närrische Stimme eines zeitweise Zeitwaisen.

[1] *im Original:* venant d’une autre espèce d’impasse d’espace (*Anm. d. Übers.*)

Auf der Straße nach Amberg

Auf der Straße nach Amberg
Ein Mädchen nackt im Sonnenschein
Kein Mann wollte je ihm zu Willen sein
Auf der Straße nach Amberg
Ein winziger Zwerg
Keine Frau ließ sich je mit ihm ein
Auf der Straße nach Amberg
im hellen Mond- und Sternenschein
Drang neben einem Buchenhain
Der winzige Zwerg in die Nackte ein.

Sinnspruch

An einem verlassenen Strand
eine Schildkröte rücklings im Sand
die Sanduhr daneben bleibt stehen
Niemand da um die beiden umzudrehen

Schildkröte
deine letzte Stunde
wird ungemessen vorübergehen.

Das letzte kleine Blatt

Das letzte kleine Blatt eines Baums
erschauert
im eisigen Wind in dem es
den Schritt des Holzfällers hört.

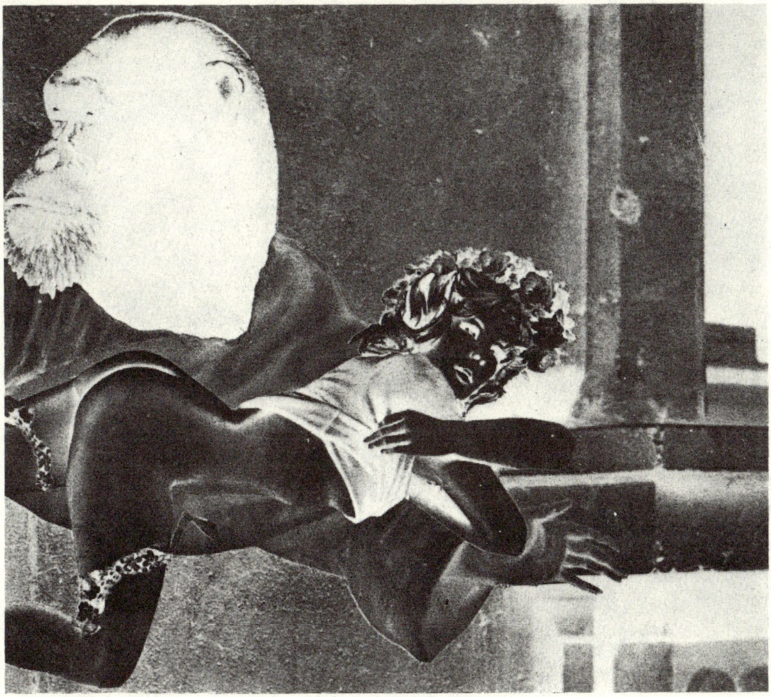

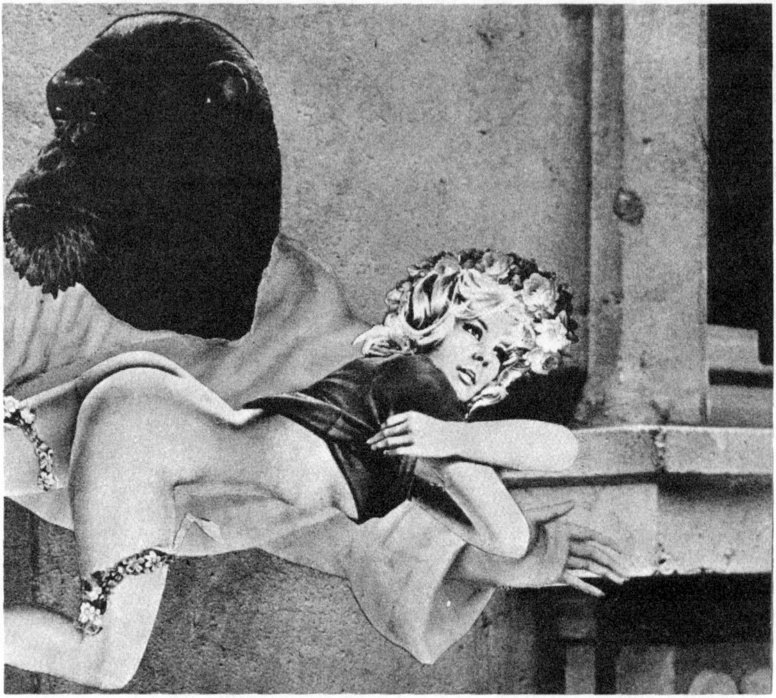

Heribert Becker

Kleine Prévert-Chronik

1900 Am 4. Februar Geburt von Jacques Prévert in Neuilly-sur-Seine bei Paris.

1906 Geburt von Jacques' Bruder Pierre, dem späteren Cineasten. Der Vater, ein Versicherungsangestellter, wird arbeitslos, die Familie gerät in materielle Not und lebt zwischenzeitlich in Toulon. Umzug nach Paris (Rue de Vaugirard). Der Vater findet eine Anstellung beim Wohlfahrtsamt. Jacques begleitet ihn häufig auf seinen Dienstgängen und lernt so die Verhältnisse der Ärmsten kennen, für die er seither eine große Sympathie empfindet. Er besucht die Grundschule, wechselt später auf Drängen des etwas bigotten Großvaters auf eine religiöse Schule. Wird Chorknabe. Seine schulischen Leistungen sind mittelmäßig.

1915 Prévert beginnt, sich mit verschiedenen Tätigkeiten seinen Lebensunterhalt selber zu verdienen. Erste Chaplin-Filme.

1920 Militärdienst in Saint-Nicolas de Port (Lothringen). Schließt dort Freundschaft mit dem späteren surrealistischen Maler Yves Tanguy. Beide hassen das Kasernenleben und lassen sich in französische Protektoratsgebiete versetzen. So lernt Prévert 1921 in Konstantinopel Marcel Duhamel kennen, mit dem er ebenfalls enge Freundschaft schließt.

1922 Zurück in Paris, arbeiten Prévert und Tanguy u. a. bei einem Presseausschnittdienst. Bohèmeleben in Montparnasse.

1923 Préverts erste Filmrolle. Er ist ein begeisterter Kinogänger. Duhamel, ebenfalls zurück in Paris, mietet für sich, Prévert und Tanguy ein Haus in der Rue du Château Nr. 54 in Montparnasse (heute verschwunden). Dort schart sich ein wachsender Bekanntenkreis um das Bürgerschreck-Trio. Im folgenden Jahr veröffentlicht André Breton das erste „Manifest des Surrealismus".

1925 Über Robert Desnos lernen Prévert, Tanguy und Duhamel die Surrealisten kennen. Nach und nach erscheinen Benjamin Péret, Louis Aragon, André Breton, Michel Leiris, auch Soupault, Queneau und andere Surrealisten in dem Haus in der Rue du Château, dessen Bewohner sich schließlich der Gruppe um Breton anschließen. Prévert beteiligt sich an deren kollektiven Unternehmungen, schreibt aber selber nicht.

1928 Mitarbeit Préverts an dem Film „Souvenirs de Paris" (Drehbuch, Dialoge, Chansons). Im Spätsommer wird er aus der surrealistischen Gruppe ausgeschlossen. Ende des folgenden Jahres erscheint seine erste (?) literarische Veröffentlichung in einer Zeitschrift.

1930 Prévert verfaßt zusammen mit Georges Bataille, Desnos, Leiris u. a. das Anti-Breton-Pamphlet „Un cadavre". (In späteren Jahren hat er sich mit dem Theoretiker des Surrealismus versöhnt.) Er liefert Artikel für Batailles Zeitschrift "Documents" und veröffentlicht seine Erzählung „Souvenirs de famille ou l'Ange garde-chiourme" in Georges Ribemont-Dessaignes Zeitschrift „Bifur". Seinen Lebensunterhalt verdient er bei einer Agentur, die Werbefilme herstellt. Er schreibt mehrere Drehbücher, Henri Michaux ermutigt ihn nachdrücklich zur schriftstellerischen Arbeit. In Frankreich beginnen die Auswirkungen der Weltwirtschaftskrise spürbar zu werden, die im Laufe der nächsten Jahre zu steigender Arbeitslosigkeit und wachsender Armut weiter Bevölkerungsschichten führen. Diese sozialen Verhältnisse und die z. T. dramatischen politischen Ereignisse des folgenden Jahrzehnts veranlassen Prévert in den dreißiger Jahren zu seinen vehementesten Attacken gegen die bürgerlich-christlich-kapitalistische Welt- und Lebensordnung.

1931 Veröffentlichung der Texte „TDD" und „Tentative de description d'un dîner de têtes à Paris-France" (Versuch der Beschreibung eines Köpfe-Diners in Paris, Frankreich) in der Zeitschrift „Commerce".

1932 Prévert schreibt seinen ersten Theatertext für die „Groupe de choc Prémices", ein der KPF nahestehendes Proletkulttheater, das sich wenig später in „Groupe Octobre" umbenennt und in den nächsten Jahren zur führenden französischen Arbeitertheatertruppe aufsteigt. Prévert wird zum „Hausautor" des Kollektivs, für das er zahlreiche Einakter, Sketche, Chansons, Sprechchöre und dgl. schreibt. Gespielt wird bei Arbeitermeetings, Streikversammlungen, Demonstrationen und ähnlichen Anlässen, zumeist in den Pariser Arbeitervorstädten. Häufig tritt Prévert selber als Darsteller auf.

Pierre Prévert dreht den Film „L'Affaire est dans le sac", zu dem Jacques das Drehbuch und die Dialoge geschrieben hat. Mitarbeit an Claude Autant-Laras Film „Ciboulette" (1933).

1933 Im Januar Machtübernahme Hitlers. Prévert schreibt „L'Avènement d'Hitler" und spielt selber die Rolle des Diktators. Die „Groupe Octobre" reist zur Internatioalen Olympiade des Arbeitertheaters nach Moskau und erringt mit Préverts Stücken „Citroën" und „La Bataille de Fontenoy" den ersten Preis. Auftritt der Truppe in Leningrad. Prévert lernt den Komponisten Joseph Kosma kennen, der von nun an die Musik zu den meisten seiner Chansons schreibt. Agnès Capri und Marianne Oswald sind die ersten Interpreten dieser Chansons.

1934 Am 6. Februar Putschversuch der faschistischen Ligen in Paris. Prévert und die „Groupe Octobre" reagieren mit Kurzstücken und Chansons wie „Les Fantômes", „La Vie de famille", „Il ne faut pas rire avec ces gens-là", „Marche ou crève", „Le Palais des mirages", „14 juillet", „Le Réveillon tragique". Erste Fassung von „La Famille tuyau de poële". Drehbuchadaptation und Dialoge zu Marc Allégrets Film „L'Hôtel du Libre Echange". Drehbuch und Dialoge zu Claude Autant-Laras „My partner Mister Davis".

1935 Prévert schreibt die Drehbücher und Dialoge zu drei weiteren Filmen:

„Un oiseau rare“ von Richard Pottier, „Jeunesse d'abord“ von Jean Stelli und „Le Crime de Monsieur Lange“ von Jean Renoir. Aufführung von „La Famille tuyau de poële“ und anderen Stücken. Im Oktober überfällt Mussolini Äthiopien.

1936 Im Februar Wahlsieg der Volksfront in Spanien. Im Mai setzt sich auch in Frankreich die Volksfront durch und führt die 40-Stunden-Woche und den bezahlten Urlaub ein. Im Juli: Beginn des spanischen Bürgerkriegs. Beginn der Zusammenarbeit Préverts mit dem Filmregisseur Marcel Carné, die zu einem wichtigen Kapitel der französischen Filmgeschichte wird: „Jenny“ (Drehbuchbearbeitung und Dialoge von Prévert). Mitarbeit (Drehbuch und Dialoge) an René Stis Film „Moutonnet“. Drehbuch und Dialoge zu „L'Ile des enfants perdus“ (1937 von der Zensur verboten). Aufführung von „Le Tableau des merveilles“ (nach Cervantes) vor 500 Arbeitslosen in der Pariser Mutualité. Prévert schreibt „Le Temps des noyaux“ und veröffentlicht in Luc Decaunes' Zeitschrift „Soutes“ sein langes Gedicht „La Crosse ein l'air“ (Befehlsverweigerung). Die „Groupe Octobre“ probt sein Stück „Bonne nuit, Capitaine“, muß dann aber wegen finanzieller Schwierigkeiten ihre Tätigkeit einstellen.

1937 Drehbuchadaptation und Dialoge zu Carnés „Drôle de drame“ (Ein sonderbarer Fall). In „Soutes“ erscheint „Fait divers“, „Le Cinématographe“ veröffentlicht „Brandle-bas de combat“, die „Cahiers G.L.M.“ publizieren „Evénements“ (Begebenheiten).

1938 Prévert hälţ sich fast ein Jahr lang in den USA auf. Im Mai kommt Carnés Film „Le Quai des brumes“ (Hafen im Nebel) heraus, für den Prévert das Drehbuch und die Dialoge geschrieben hat. Drehbuch und Dialoge zu zwei Flmen von Christian-Jaque: „Les Disparus de Saint-Agil“ und „Ernest le rebelle“. In einer Studentenzeitschrift erscheint „Paysage changeur“. Agnès Capri eröffnet ein Kabarett, in dem mehrere Stücke von Prévert nachgespielt oder uraufgeführt werden. Im Herbst: Ende der Volksfront in Frankreich.

1939 Tod Pius' XI. Der spanische Bürgerkrieg endet mit dem Sieg der Faschisten. Carné dreht seinen Film „Le Jour se lève“ (Der Tag bricht an), für den Prévert das Drehbuch und die Dialoge geschrieben hat. Drehbuch und Dialoge für „Remorques“ von Jean Grémillon (1939-41 gedreht). Die Arbeit an Jean Renoirs „Le Baron de Crac“ wird durch den Ausbruch des Krieges unterbrochen. Prévert wird mobilisiert und wenig später ausgemustert. Militärischer Zusammenbruch Frankreichs; im Juni 1940 akzeptiert Pétain die Waffenstillstandsbedingungen. Prévert geht in die sog. „freie Zone“ nach Tourette-sur-Loup und Saint-Paul-de-Vence in Südfrankreich, wo er zahlreichen verfolgten Freunden, unter ihnen Joseph Kosma, Unterkunft gewährt. Er arbeitet in der Folgezeit an mehreren Drehbüchern.

1942 Carné dreht seinen Film „Les Visiteurs du soir“ (Die Nacht mit dem Teufel), für den Prévert zusammen mit P. Laroche das Drehbuch und die

Dialoge geschrieben hat. Dieselben Autoren liefern auch die Vorlage zu Grémillons „Lumière d'été" (1943 fertiggestellt). Prévert schreibt für Carné „La Lanterne magique", der Film wird aber nicht gedreht. Mitarbeit (Drehbuch und Dialoge) an Pierre Préverts Film „Adieu Léonard". Im November besetzen die Deutschen die „freie Zone".

1943 Prévert schreibt das Drehbuch und die Dialoge zu Marcel Carnés „Les Enfants du paradis" (Die Kinder des Olymp). Der Film wird im März 1944 fertiggestellt und ein Jahr später im befreiten Paris uraufgeführt. Drehbuchadaptation und Dialoge für Grémillons „Sylvie et le fantôme" (nicht gedreht). Eine Gruppe von Reimser Gymnasiasten, unter ihnen der spätere Regisseur Yves Robert, verbreitet illegal eine hektographierte Sammlung von Prévert-Gedichten. Im folgenden Jahr erscheinen „Deux poèmes sur Picasso" in „Les Cahiers d'Art". Drehbuch und Dialoge zu Christian-Jaques „Sortilège". Am 25. Augst 1944 wird Paris befreit.

Prévert gehört neben Sartre, Boris Vian und einigen anderen zu den bekanntesten Persönlichkeiten des „Existentialistenviertels" Saint-Germain-des-Prés, wo eine wachsende Zahl meist junger Interpreten (Juliette Gréco, Catherine Sauvage, Germaine Montero, Cora Vaucaire, Michèle Arnaud, Fabien Loris, Marcel Mouloudji, die Frères Jacques, Yves Montand, Jacques Douai und andere) in den neu eröffneten Kellerclubs und Kabaretts seine Chansons vortragen.

1945 Film „Aubervilliers" von Eli Lotar mit Kommentar und Chansons von Prévert. Im Juli Uraufführung von Préverts Ballett „Rendez-vous" im Théâtre Sarah-Bernhardt in Paris (Choreographie Roland Petit, Musik Kosma, Vorhang von Picasso). Veröffentlichung von „C'est à Saint-Paul-de-Vence..." Der französische Rundfunk strahlt eine fünfteilige Sendefolge über Prévert aus, wenig später findet in der Salle Chopin-Pleyel (Paris) ein großer Vortragsabend mit Chansons von Prévert-Kosma statt. Damit ist Prévert plötzlich ein berühmter Autor, obwohl er – fast sechsundvierzigjährig – noch kein Buch veröffentlicht hat. Dazu überredet ihn nun der Verleger René Bertelé, der Préverts seit 1930 entstandene Texte sammelt. So erscheint im Dezember 1945 bei Gallimard der Sammelband *Paroles* (Worte), von dem bereits nach einer Woche 5000 Exemplare verkauft sind. (Die Auflage beträgt inzwischen weit über eine Million Exemplare.)

1946 Beginn des Indochinakriegs. Carné dreht nach dem Ballett „Rendez-vous" seinen Film „Les Portes de la nuit" (Die Tore der Nacht, Drehbuch und Dialoge von Prévert). Mitarbeit Préverts (Drehbuch und Dialoge) an Henry Jacques' Film „L'Arche de Noé". Veröffentlichung von „Le Cheval de Trois" (zusammen mit André Verdet und André Virel). Im April erscheint im Verlag Le Pré aux Clercs (Paris) der Band *Histoires* (Geschichten) mit Gedichten von Prévert und André Verdet. Zwei weitere Veröffentlichungen: „Poèmes" und „L'Ange garde-chiourme". Geburt von Préverts Tochter Michèle.

1947 Der Rundfunk sendet „Encore une fois sur le fleuve" (Noch einmal auf dem Fluß) mit der Musik von Kosma. Pierre Prévert bringt seinen Film „Voyage-surprise" heraus, an dem sein Bruder mitgearbeitet hat. Drehbuch und Dialoge zu Carnés „La Fleur de l'âge" (Wiederaufnahme von „L'Ile des enfants perdus"). Die Dreharbeiten werden wegen Geldmangels abgebrochen. Erscheinen der „Contes pour enfants pas sages" (mit Zeichnungen von Elsa Henriquez) und „Le Petit Lion" (mit Photos von Ylla). Erweiterte Neuauflage von *Paroles*.

1948 „Bonne nuit, capitaine" im Rundfunk. Mitarbeit an dem Film „Les Amants de Vérone" von André Cayatte. Prévert erleidet einen schweren Unfall und liegt mehrere Wochen im Koma. Er geht zur Erholung nach Saint-Paul-de-Vence, wo er anschließend einige Jahre lang mit seiner Familie lebt.

1949 Mitarbeit an Carnés Film „La Marie du port" und an Yves Allégrets „Les Caves du Vatican" (nicht gedreht). Die Zensur verbietet eine Rundfunksendung, in der Prévert eigene Texte lesen soll. Neuauflagen von „C'est à Saint-Paul-de-Vence..." und *Paroles*. Im folgenden Jahr: Aufführung von „Branle-bas de combat" im Kabarett "La Rose Rouge", Veröffentlichung von „Des bêtes..." (mit Photos von Ylla) und Mitarbeit an Christan-Jaques Film „Souvenirs perdus". Beginn des Koreakriegs.

1951 Pierre Prévert übernimmt die Leitung des Pariser Kabarett-Theaters „La Fontaine des Quatre Saisons", wo „TDD" und „Tentative de description d'un dîner de têtes..." aufgeführt werden. Bei Gallimard erscheint der Sammelband *Spectacle* (Schauspiel), der u. a. eine Reihe von Texten enthält, die Prévert seinerzeit für die „Groupe Octobre" geschrieben hat. Weitere Veröffentlichungen: „Vignette pour vignerons" und in Lausanne „Le grand bal du printemps" (mit Photos von Izis). Im folgenden Jahr: in Hamburg Uraufführung von Préverts Ballettkomödie „Coeur de docker", in Lausanne erscheinen „Charmes de Londres" (mit Photos von Izis) und „Guignol" (mit Zeichnungen von Elsa Henriquez), bei Gallimard „Lettre des îles Baladar" (mit Zeichnungen von André François). 1953: „Tour de chant" und „L'Opera de la lune", beide in Lausanne. Paul Grimault bringt seinen Zeichentrickfilm „La Bergère et le ramoneur" heraus, an dessen Drehbuch und Dialogen Prévet mitgearbeitet hat.

1954 Ende des französischen Indochinakriegs, Beginn des Algerienkriegs. Aufführung der zweiten Fassung von „La Famille tuyau de poële".

1955 Prévert kehrt nach Paris zurück und wohnt fortan in unmittelbarer Nähe der Moulin Rouge (sein Nachbar ist Boris Vian). Erscheinen des wiederum von Bertelé zusammengestellten Bandes *La Pluie et le beau temps* (Regen und Sonnenschein) bei Gallimard. G.L.M. veröffentlicht das Bändchen „Lumières d'hommes" mit Gedichten aus dem Jahr 1936. Tod Yves Tanguys in den USA. 1956: „Miró" (zusammen mit Ribemont-Dessaignes). Prévert adaptiert Victor Hugos „Notre-Dame de Paris" für den gleichnamigen Film von Jean Delannoy. 1957: „La Seine a rencontré Paris“, Gedicht-Kommentar zu dem gleichnamigen Film von Joris Ivens. Ausstellung von Préverts Collagen in der Pariser Galerie Maeght (dazu der Katalog „Images“).

1958 Kommentar zu Pierre Préverts Kurzfilm „Paris mange son pain“ und Mitarbeit an Paul Grimaults Zeichentrickfilm „La Faim du monde“. Ende der Vierten Republik: de Gaulle übernimmt die Macht. 1959 erscheinen in der Zeitschrift „Elle“ fünf Kapitel von Préverts „Memoiren“. Ein Mailänder Verleger publiziert „Portraits de Picasso“.

1961 In Lausanne erscheint „Couleur de Paris“ (mit Photos von Peter Cornelius). Pierre Prévert zeigt im belgischen Fernsehen seinen sechsteiligen Film „Mon frère Jacques“. Putsch der Generäle in Algier. Im folgenden Jahr wird Algerien unabhängig. Prévert veröffentlicht „Diurnes“ und 1963 bei Gallimard seinen Sammelband *Histoires et d'autres histoires* (Geschichten und weitere Geschichten), eine erweiterte Neuausgabe des 1946 erschienenen Bandes.

1964 Mitarbeit (Drehbuch und Dialoge) an Pierre Préverts Fernsehfilm „Le petit Claus et le grand Claus“ (nach Andersen). Veröffentlichung von „Les Chiens ont soif“ mit Illustrationen von Max Ernst. Im folgenden Jahr Mitarbeiter an Pierre Préverts Film „La Maison du passeur“. Der Vietnamkrieg erreicht einen neuen Höhepunkt.

1966 Erscheinen des Sammelbandes *Fatras* (Krimskrams) mit 57 Collagen des Autors. Mitarbeit (Drehbuch und Dialoge) an Pierre Préverts „A la belle étoile“ (ursprünglich „Les Rois de la cloche“). Tod von André Breton und Alberto Giacometti, zwei Freunden Préverts. 1967 erhält dieser den Grand Prix du Cinéma.

1968 Das Jahr der Studentenrevolte (Höhepunkt im Mai), an der Prévert lebhaften Anteil nimmt. Zwei Veröffentlichungen: *Varengeville* (mit Bildern von George Braque) und *Arbres* (illustriert von Georges Ribemont-Dessaignes). Im folgenden Jahr Rücktritt de Gaulles. 1970 erscheint bei Skira der Band *Imaginaires* mit farbigen Abbildungen der Collagen Préverts. 1971: *Fêtes* mit Bildern von Alexander Calder.

1972 Bei Gallimard erscheint der letzte von Bertelé zusammengestellte Band, *Choses et autres* (Dies und jenes). Prévert und André Pozner veröffentlichen gemeinsam *Hebdromadaires*. Im folgenden Jahr sterben Préverts Freunde Picasso und Bertelé. 1974: Neuausgabe von „L'Opéra de la lune“. 1975: „Le Jour des temps“ (illustriert von Max Papart).

1976 Neuauflage von „Le grand bal du printemps“ (zusammen mit „Charme de Londres“) bei Gallimard.

1977 Am 11. April stirbt Jacques Prévert in Omonville-la-Petite (Département Manche).
Tod von Marcel Duhamel.
Posthum sind noch folgende Publikationen von Prévert erschienen: 1978 eine Neuausgabe von „Guignol“ bei Gallimard, 1980 im gleichen Verlag der von Arnaud Laster herausgegebene Sammelband *Soleil de nuit*

(Nachtsonne), 1981 bei Maeght der bibliophile Band „Couleurs“ (mit Bildern von Braque, Calder und Miró), 1982 eine erweiterte Neuauflage von *Hebdromadaires* und der Ausstellungskatalog „Les Prévert de Prévert: Collages“.

Jacques Prévert in deutscher Übersetzung

Gedichte und Chansons (Auswahl und Übers. Kurt Kusenberg). Zweisprachig. Reinbek bei Hamburg (Rowohlt) 1962, 1971 etc.

Wenn es Frühling wird in Paris (= Le grand bal du printemps). Erscheinungsort und -jahr unbekannt

Ein schöner Wal mit blauen Augen (Auswahl und Nachwort von Joachim Meinert. Übers. Henryk Keisch, Kurt Kusenberg, Thea Meyer, Joachim Meinert und Klaus Möckel). Berlin-Ost (Volk und Welt) 1975

Les Halles de Paris (zus. mit Romain Urhausen). Frz.-dt.-engl. Ausgabe. Gräfelfing bei München (Moos) 1980

Befehlsverweigerung (= La Crosse en l'air; Übers. und Nachwort Heribert Becker). Frankfurt/M. (Qumran) 1981

Rebellen (Auswahl, Übers. und Nachwort Heribert Becker; mit Collagen des Autors). Nürnberg (Edition Tiamat) 1981

Weihnachtsgäste (= Guignol; Übers. Elisàbeth Borchers, illustriert von Elsa Henriquez). Frankfurt/M. (Insel) 1981

Feste (Übers. Heribert Becker). Ausstellungskatalog Alexander Calder. Zürich (Galerie Maeght) 1982

Der Skandal des Glücks (Auswahl, Übers. und Nachwort Heribert Bekker). München (Heyne) 1983

Die hier vorgelegte Auswahl aus dem Werk Jacques Préverts, die dritte etwas umfangreichere, die nach „Gedichte und Chansons" (Reinbek bei Hamburg 1962, 1971) und „Ein schöner Wal mit blauen Augen" (Berlin-Ost 1975) in deutscher Übersetzung erscheint, umfaßt Texte aus allen Schaffensperioden des populären Dichters (von 1930 bis in die letzten Lebensjahre). Sie sind den Sammelbänden *Paroles* (1945), *Histoires* (1946), *Spectacle* (1949), *La Pluie et le beau temps* (1955), *Histoires et d'autres histoires* (1963), *Fatras* (1966), *Choses et autres* (1972) und *Soleil de nuit* (1980) entnommen. Da die wenigsten Texte Préverts datiert sind und auch die genannten Sammelbände nur selten Anhaltspunkte zu einer genauen Datierung bieten, war eine chronologische Ordnung des hier zusammengefaßten Textmaterials nur ansatzweise möglich. Anspielungen auf Persönlichkeiten und Fakten, die nur einem französischen Leser unmittelbar verständlich sind, vor allem aber die für Prévert charakteristischen Sprachspielereien zwangen des öfteren zu einer ziemlich freien Übersetzung, die passagenweise sogar eher als eine Art Nachdichtung zu bezeichnen ist. Das von Prévert recht zwanglos und unregelmäßig benutzte formale Mittel des Reims wurde für die Übersetzung in zum Teil modifizierter Form übernommen. Die über mehrere Publikationen verstreuten „Graffiti" fanden Aufnahme, weil sie als eine Art literarischer Keimzellen einen interessanten Einblick in Préverts schriftstellerische Arbeitsweise gewähren oder lediglich eine andere Artikulationsform derselben rebellischen Haltung darstellen, die auch aus seinen Versen spricht.

H. B.